爱我乳房

——乳腺疾病的预防

张明　周敏　著

Aiwo Rufang

序

随着现代社会工作和生活压力的增大，环境因素，以及人们饮食、生活等方式的改变，女性乳房的健康问题日益凸显，乳房的保健也越来越受到人们的重视。其中，乳腺增生病、乳房纤维腺瘤、乳腺癌是妇女发病率较高的三大疾病，而乳腺增生病与乳腺癌则最受瞩目。一是因为其患病率高；二是因为两者之间有着千丝万缕的联系。根据中国乳腺疾病防治协会调查结果，乳腺增生病是最常见的乳房疾病，其发病率占乳腺疾病的首位。由于部分乳腺增生病较重的患者有可能发展成为乳腺癌，所以有人认为乳腺不典型增生病为乳腺癌的“癌前病变”。

乳腺癌的发生与发展是多种因素共同作用的结果。致病因素中有些是无法改变的，如家族史、月经状况等；而相当一部分是可以通过我们有意识的行为改变而避免的，如生育、哺乳、生活饮食习惯、积极治疗相关疾病等，这就给我们预防乳腺癌、改善其发病情况提供了机会。因此，积极宣传预防、养生、保健、康复的基本知识及简便方法是我们医务工作者的应尽职责。

上海岳阳中西医结合医院中医外科在长年的乳房疾病诊疗实践过程

中，创建并逐渐完善了中医药预防与保健措施。除了传统的药物治疗外，还逐渐发展出了耳穴按压、乳房保健操等一系列非药物的防治乳房疾病手段，在临床实践推广应用中深得广大患者的好评。

为了普及乳腺病的有关知识，以及提高大众的预防保健意识，我的学生张明及周敏等撰写了《爱我乳房》一书。全书通过一个个生动的病例，通俗地介绍了常见乳腺疾病的发病原因、主要临床表现及防治知识。该书阐述通俗易懂，实用性强，对防治乳腺疾病具有积极的意义。

陆德铭

2008年12月

目录

目录

一、女人的烦恼

——乳腺增生病的防治

小云从小就娇生惯养，家务活一样也干不好。但令人羡慕的是，小云读书好，学习努力，研究生毕业后，留在上海一家外企工作，收入颇高。小云一心扑在事业上，所以30岁才结婚。结婚后，很多家里的事情都要自己去打理，夫妻俩不太会做饭，常到外面餐厅吃。小云最喜欢吃鸡肉，比如鸡肉汉堡、香辣翅根、宫爆鸡丁等，每次吃饭都要点个带鸡肉的菜！

在外企，工作压力大，竞争激烈，小云常常觉得心中莫名的烦躁，晚上睡不好觉，对老公也会乱发脾气。小云知道自己处于一种焦虑状态，可是无法自我调适。年龄越来越大了，小云觉得自己很疲倦，脸色不好，经常会出现胸闷；来月经之前两个乳房及右侧腋窝胀痛；经常便秘，嘴巴里有种苦苦的味道，连老公都说自己口气过重。

有一天，小云洗澡时摸摸自己的乳房，“啊！?”小云心里叫道，“天哪！乳房有硬块，还有好多小块块！压上去还有点痛！右侧

腋窝竟然比左侧的多一块肉。”小云突然想起以前听别人说，乳房癌晚期是会转移到腋窝的，难道自己是肿瘤晚期转移？一大串的担心涌进了小云的脑中，小云一下子不知所措了！

于是小云来到了当地有名的乳腺专科医院。经过医生检查及乳房彩色超声波检查，小云的病情是：右乳乳腺增生病，右侧副乳。

医生建议喝汤药治疗一段时间，因为中药可以调理内分泌状况，比起西药来讲副作用小。大概要服用3个月到半年的时间。

医生在看舌头、搭脉之后说道：“综合分析你之前述说的症状，你还是属于中医讲的‘肝郁痰凝型’，我主要给你用一些疏肝理气、活血散结止痛的中药，另外再加上一些通大便、改善睡眠和口气的中药。”

小云听后认真地点点头。

医生接着又补充到：“你这个病和饮食、情绪、生活习惯有很大的关系，平时不要经常发脾气，要学会控制自己的情绪。”

接着医生从抽屉里拿出一张宣教单递给小云，说道：“这上面有一些注意事项，你回去仔细看一看。”同时嘱咐小云：“有些东西是不可以吃的！像鸡肉、有些女性保健品、蜂皇浆、西洋参等都会加重你的病情。平时最好自己做饭，这样不仅卫生，还可以做到营养均衡。”

医生又说道：“每周做2～3次乳房保健操，有利于缓解乳腺增生病。”

现实生活中，像小云这样的女性还有很多，她们中有大部分人已经去医院看过病，可是仍然有这样那样的疑问。下面我们就针对一些患者常见的问题作一下解释。

1. 目前乳腺增生病的发病情况如何?

乳房是女性一生中美丽和骄傲的象征,同时也是分泌乳汁、哺育后代的重要器官,对女性来说,它有着重要的意义。近年来,由于生活压力增大,饮食结构和生活习惯的改变,以及不恰当服用各种保健品,使得乳腺疾病日渐增多。据中国乳腺疾病防治协会调查显示,乳腺增生病是最常见的乳房疾病,其发病率占乳腺疾病的首位。据复旦大学附属华山医院统计,本病在30～50岁的人群中发病率达15%左右,在乳腺相关疾病专科门诊中占50%～70%。北京慈济体检机构发布的《北京职业女性健康调查报告》显示,2005年北京职业女性乳腺增生病的发病率已达30%。

2. 哪些因素会引起乳腺增生病?

乳腺增生病多发生于20～45岁的女性。这是一种乳腺组织的良性疾病,通俗地讲就是乳腺组织的结构发生了紊乱。目前乳腺增生病的病因尚不十分明了,多数认为与内分泌失调及精神因素有关。女性体内激素代谢障碍,尤其是雌激素、孕激素比例失调,使乳腺实质和间质增生过度和复旧不全。近年来,许多学者认为,催乳素升高也是引起乳腺增生病的一个重要因素。此外,有研究表明,激素受体在乳腺增生病的发病过程中也起着重要作用。部分乳腺实质成分中激素受体的质和量的异常,导致乳房各部分的增生程度参差不齐。

很多因素都会导致内分泌激素紊乱。情绪因素、饮食因素、环境因素等均可使人体的内环境发生改变,从而影响内分泌系统

的功能，进而导致某一种或几种激素的分泌异常。比如，在长期的紧张焦虑状态下，神经传递介质环境的改变，导致血清催乳素分泌增加，可能引起或加重乳腺增生病。另外，饮食结构、营养过剩、各种保健品的大量运用也会导致内分泌失调。严重的环境污染对女性内分泌失调罪责难逃，空气中的一些化学物质，通过各种渠道进入人体后，经过一系列的化学反应，导致女性出现内分泌失调等诸多问题。

3. 常常心情不好会加重乳腺增生病吗？

这个回答是肯定！经常发脾气会加重乳腺增生病！

现代社会由于工作压力大，很多女性常常陷于抑郁、沮丧、烦躁等不良的精神状态中，而这恰恰是乳腺增生病的一大重要诱因。临床研究显示，在女性抑郁症患者中，80%以上患有不同程度的乳腺疾病。而且，抑郁人群乳腺癌变的可能性也是常人的5倍。

情志失调会引起女性内分泌紊乱，内分泌紊乱又会引起月经不调或失眠等症状，从而加重情志失调。这样恶性循环下去，导致性格更加偏颇，内分泌更加紊乱，疾病也就孕育而生。

不良的精神状态不仅给家庭和身边的人带来困扰，还可对自己的身体带来很大的伤害。因此要保持良好的心态和舒畅的心情，积极参与家庭生活和社会活动，消除不良心理状态，为健康打下基石。

4. 胸罩会诱发乳腺增生病吗？

1887年世界上第一个胸罩出现在英国，当时设计这种东西主要是为了矫正女性乳房的形状。那时的胸罩，无论是看上去还是摸起来，都像两个滤茶器。2年后，一名巴黎著名的女帽制造商制作了一款女性紧身胸衣,没想到从那时起女性胸衣开始流行。目前,随着人们审美观念的提高,胸罩样式的设计也别出心裁。

许多大乳房的女性认为穿着胸罩比较舒服,因为可以不影响工作或跑步。小乳房的女性则可以借助胸罩,使自己变得更加挺拔迷人。还有不少女性认为穿着胸罩会十分不适,加重了乳房的疼痛,但不穿又怕乳房下垂。

其实胸罩对健康并无帮助,有些女性认为不带胸罩会引起乳房下垂,这个观念是错误的。乳房下垂和乳房内的脂肪、乳腺组织、韧带有关,没有任何胸罩可以改变这个现实。相反,乳房上分布着丰富的血管、淋巴管及神经,对乳腺的营养和新陈代谢具有重要作用。如果胸罩过紧,尤其是钢圈又硬的话,就会影响血液循环和淋巴回流,造成乳房缺血,使得在此处产生的毒素不易排出,容易引起乳腺疾病。

我们的建议是:如果你为了美观舒适而穿着胸罩,那就穿吧;如果你觉得不舒服,也不必强加于自己。

5. 危险信号:妇科疾病!

我们在临床中发现:患有妇科疾病的人大多同时患有乳腺疾病。如月经周期紊乱、子宫肌瘤的患者同时患有乳腺增生病。这是因为妇科疾病大多是由内分泌失调导致的,这与乳腺增生病的发病因素相同,所以患有妇科疾病的女性,也别忘了检查一下乳房,这样做使你能够早期发现并及时治疗乳腺疾病。

6. 中医对乳腺增生病的看法

中医称乳腺增生病为“乳癖”。清代顾世澄的《疡医大全》

(1760年)引明代陈实功(1695年)的论述:“乳癖乃乳中结核,形如丸卵,或坠重作痛,或不痛,皮色不变,其核随喜怒消长……”指出本病的发生与肝气郁结、情志内伤有关。而胆附于肝,有经脉互为络属,构成表里关系。若肝的疏泄功能失常,就会影响胆汁的分泌与排泄,许多患者会出现胁满口苦的症状;反之,若胆汁排泄不畅,亦会影响肝的疏泄,从而加重乳房胀痛的症状。肝与胆在生理和病理上密切相关,肝病常影响及胆,胆病也常波及于肝,终则肝胆同病。如病久可见肝胆火旺、肝胆湿热之证,予清泄肝胆实火及清热利湿之药,如夏枯草、知母、决明子、栀子、藿香、佩兰等药配伍运用,多能起到良好的疗效。另外,肝主谋略,胆主决断。从情志意识的角度来看,谋虑后则必决断,而决断又来自谋虑,两者又是密切联系的。临床对乳癖患者做情绪测量时发现:一些患者表示做事情犹豫不决,很难作出决定。这正是胆失决断的表现。

宋代《圣济总录》指出:“妇人以冲任为本,若失于将理,冲任不和,……则气壅不散,结聚乳间,或硬或肿,疼痛有核”。提出了冲任不和也是本病的发病基础。任脉冲脉均起于胞中(子宫),行经胸中上行。冲任之气血,上行为乳,下行为月水。现代医学认为,乳房及子宫同为性激素的靶器官,其发育和功能受下丘脑-垂体-卵巢轴分泌的激素调控。临床中很多乳腺病患者同时伴有月经失调、子宫肌瘤等妇科疾病。可见,冲任二脉就像一根轴一样联系着乳房及子宫,共同调节着其发育和功能。同时任脉又多次与足厥阴肝经相交会,能总任一身之阴经,被称为“阴脉之海”。冲脉为气血之要冲,能调节十二经气血,故有“十二经脉之海”、“血海”之称。肝主疏泄,调畅一身之气机;又主藏血,足厥阴肝经入期门穴,穴在乳下。一旦冲任失调,就会加重肝郁气滞,或者肝郁气滞亦会加重冲任失调,最终导致血络淤滞,积聚于乳房,产生乳癖。因此，肝与冲任二脉的功能相互影响，共同影响着乳癖的发生和预后。

7. 乳腺增生病会有哪些症状？

（1）乳房疼痛：常见为乳房胀痛或触痛。病程为数月至数年不等，大多数患者具有周期性疼痛的特点，月经前期发生或加重，月经后减轻或消失。必须注意的是，乳房的周期性疼痛虽然是本病的典型表现，但缺乏此症状者并不能否定该病的存在。

（2）乳房肿块：常为多发性，单侧或双侧乳房出现；大小、质地也随月经呈周期性变化，月经前肿块增大，月经后肿块缩小，大小不一；与周围组织界限不清，多有触痛。

此外，有些人可有乳头溢液的表现。乳房内大小不等的结节实质上是一些囊状扩张的乳管，乳头溢液即来自这些囊肿。乳头溢液可呈无色浆液性、黄色、棕色或血性，多为双乳多孔溢液。

（3）月经失调：本病患者可兼有月经不规律，量少或色淡，甚至痛经。

（4）情志改变：患者常觉情志不畅或心烦易怒，每遇生气、精神紧张或劳累，症状可加重。

（5）其他症状：可有胸闷、善郁易怒、失眠多梦、腰酸、乏力等症状。根据不同的症状，结合中医的舌诊、脉诊，分别辨为肝郁痰凝、冲任失调两证。

8. 乳腺增生病需要与哪些疾病鉴别？

（1）乳腺增生病与乳腺纤维腺瘤：两者均有乳房肿块。乳腺增生病的乳房肿块大多为双侧多发，肿块大小不一，呈结节状、片

块状或颗粒状，质地一般较软，多伴有经前乳房胀痛，触之亦感疼痛，且乳房肿块的大小和性状可随月经而发生周期性的变化，发病年龄以中青年女性为多。乳腺纤维腺瘤的乳房肿块大多为单侧单发，肿块多为圆形或卵圆形，边界清楚，活动度大，一般无乳房胀痛，或仅有轻度经期乳房不适感，无触痛，乳房肿块的大小和性状不因月经周期而发生变化，患者年龄多在 30 岁以下，以 20～25 岁最多见。在乳房的钼靶摄片上，乳腺纤维腺瘤常表现为圆形或卵圆形密度均匀的阴影，以及特有的环形透明晕，亦可作为鉴别诊断的一个重要依据。

(2) 乳腺增生病与乳腺癌：两者均有乳房肿块。但乳腺增生病的乳房肿块质地一般较软，或中等硬度，肿块多为双侧多发，大小不一，可为结节状、片块状或颗粒状，生长缓慢，好发于中青年女性。乳腺癌的乳房肿块质地一般较硬，有的坚硬如石，肿块大多为单侧单发，肿块可呈圆形、卵圆形或不规则形，可长到很大，活动度差，易与皮肤及周围组织发生粘连，肿块与月经周期及情绪变化无关，可在短时间内迅速增大，好发于中老年女性。在乳房的钼靶摄片上，乳腺癌常表现为肿块影、细小钙化点、异常血管影及毛刺等，也可以帮助诊断。

9. 乳腺增生病会变成乳腺癌吗？

很多女性一听说“增生”和“肿块”就联想到肿瘤，因此对乳腺增生很害怕，担心癌变。其实乳腺增生病是乳腺正常结构的紊乱，不是癌症，绝大多数乳腺增生是单纯性增生，不会转变为乳腺癌。消除心理障碍，保持良好的心理状态，对疾病的恢复是有益的。消除恐惧和紧张的情绪是心理调节的关键。保持轻松愉快的心态，给自己减轻负担，都能够消除不利于乳腺健康的因素。

平时可以多听听舒缓柔和的音乐，这样能调节心理和情绪状态，使人处于松弛、安逸、平静的状态，对情绪也有调节作用。

患有乳腺增生病的女性，如果出现以下任何一种症状时应警惕乳腺癌的发生：①摸到无痛性肿块；②发现乳头凹陷；③出现乳头单孔溢液；④绝经后发现的明显肿块；⑤有家族史；⑥出现乳房皮肤橘皮样改变；⑦腋下不明原因的淋巴结肿大。

提醒各位女性，定期的乳房检查非常重要！

10. 得了乳腺增生病需要做哪些辅助检查？

医生触诊是目前体检中常用的方法，大多明显的肿块能通过手触摸到。但一些小于 1 厘米的病变很容易被忽视，甚至触摸不到，所以影像检查才是最后确诊的依据。目前比较常用的辅助检查方法是超声检查和钼靶摄片。

(1) 超声波检查：无任何放射线存在，这是年龄低于 35 岁的女性相当好的检查工具。如果发现乳房有肿块，可能是乳腺增生、乳腺纤维腺瘤或乳腺囊肿，那么超声波检查可以区分两者的差异。超声波检查的缺点是它比较依赖操作人员的经验，随着技师放置变换器位置的不同，显现的影像也不一样，不像钼靶摄片那样可以显示整个乳房。我们也可以在超声波的引导下进行肿块定位、穿刺活检，为手术或病理检查做准备。此外，超声波检查也适用于隆胸者，它能够判断硅胶植入物是否破裂或渗漏。总之，超声波检查简便、无创伤，便于多次检查及复查，能较准确测定肿物的大小和位置。

(2) 钼靶摄片：对于诊断不明或怀疑有恶变倾向的 35 岁以上的病人，可以行钼靶摄片检查。年轻妇女的乳腺组织容易受放射线的损伤，同时其乳腺组织较致密，一般不易作出诊断及鉴别，因

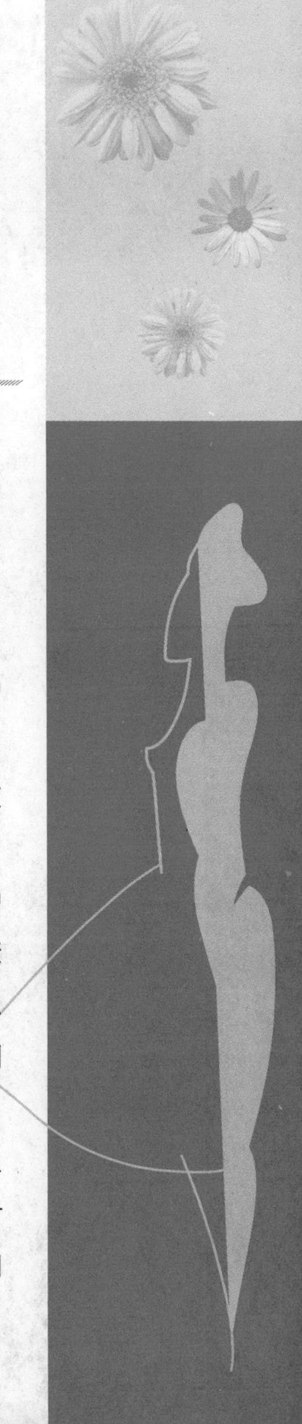

而对35岁以下的妇女不主张做乳腺放射线检查。

(3) 其他：对于乳头溢液原因不明的病人，可以进行乳头溢液涂片检查或导管镜检查。

11. 得了乳腺增生病需要化验血液吗？

前面已经讲过，乳腺增生病的发病与内分泌激素失调有关。那么要想衡量自己的内分泌异常程度，可以查一下“激素水平五项”，即雌激素，孕激素，卵泡刺激素，黄体生成激素，催乳素。这样不仅可以协助医生决定治疗方案，而且可以在治疗一段时间后，再次复查，作为疗效评价的指标。

对于那些怀疑有癌变倾向的女性，可以查一下“肿瘤标志物”，包括：CEA，AFP，CA－125，CA－153，CA－199，TPA，MCA等。如果有阳性指标，那就要高度重视了。

12. 乳腺增生病与乳房大小有关吗？

乳房主要由脂肪及乳腺组织构成，乳房大小受种族、遗传和体质等因素的影响。比如，西方女性的乳房远比东方女性丰满。一般来说，母亲乳房较小，那么女儿的乳房也可能较小；体型胖的人因脂肪积聚多，乳房就显得大而丰满，体型瘦的人脂肪积聚少，乳房就显得小而平坦。

临床观察发现：乳腺增生病的发病与乳房大小无关，即便是乳房平坦的男性也有可能会罹患乳腺增生病。

13. 乳腺增生病患者能吃保健品吗？

大部分保健品既不能预防乳腺增生病，也不能治疗乳腺增生病，而且很多保健品，虽然不是药物，却含有各种药物成分，如果盲目服用，不但无益，反而有害。

由中草药成分制作的保健品也应慎用。从中医角度看，中草药产生的滋补作用不外乎补气、补血、补阴、补阳，不同药物针对不同体质或症状的人。每个人的具体情况，自己很难判断，应到正规医院找中医科医生进行诊断，并指导选择合适的保健品。否则阳亢的人补了阳，或者阳虚的人补了阴，不仅不能改善症状，反而会加重病情。

14. 乳腺增生病有哪些治疗方法？

迄今为止，虽然这个病的治疗方法很多，但仍缺乏特殊有效的方法。国外大多采用抑制雌激素类药物、维生素类药物、止痛药或预防性手术治疗。国内则采用中医中药治疗，

激素治疗的开始阶段多会有较好的疗效，但应用的时间及剂量很难掌握，往往会出现“矫枉过正”之弊。应用不当，可能会加重内分泌紊乱。目前激素疗法已很少作为常规的治疗。

维生素 A,B,C,E 等能改善肝脏功能，调节内分泌代谢，同时还能改善自主神经功能，可以作为该病的辅助用药。维生素 E 是一种抗氧化剂，可以降低低密度脂蛋白，增加孕激素。小剂量维生素 E 能够缓解乳房疼痛、缩小结节，但复发率高，疗效多不明显。

对于乳房疼痛无法忍受的患者，可以短时期内服用止痛药，以缓解疼痛。

乳腺增生病本身没有手术治疗的指征，手术治疗的目的主要是明确诊断，避免乳腺癌的漏诊或延误。随着对该病的深入研究，专家发现乳腺增生病与乳腺癌的发生有一定的关系，但不是所有的乳腺增生病患者都会变成乳腺癌，只有少数患者是癌前期

病变。所以早期治疗就显得尤为重要！若乳腺增生病肿块较大、质地较硬，伴有乳头血性溢液，经治疗症状不缓解，肿块反而继续增大或变硬，建议患者手术治疗。对于那些绝经后新出现的乳腺增生病，或有乳腺癌家族史，或病理检查支持的，也建议手术治疗。

中医药具有独特的优势，目前已经成为治疗该病的主要方法。中医认为该病分为肝郁痰凝和冲任失调两种类型，治疗方法包括内服中药、乳房按摩、耳穴按压、饮食结构及生活习惯的调整等。对于经常情绪失调的病人，多给予疏肝理气的药物治疗。对于伴有月经不正常的女性，多配合调理月经的药物。内服中药的时间因人而异，经过治疗后肿块消失，乳痛消除，便可以停药。症状轻者，一般服药3个月左右；症状重者，需服药1～2年。月经期间停服中药。

15. 如何预防乳腺增生病？

正因为乳腺增生病缺乏特效药物，所以日常生活中避免发病的不利因素十分重要。健康的生活方式对很多疾病都有预防作用，常常可以达到事半功倍的效果。

(1) 保持良好的心态：中医理论认为，乳腺增生病形成的一个重要原因是肝郁气滞，引起气血不畅。良好的心态能让你远离灰色情绪，远离心理煎熬。锡鲁斯说得好："心理的创伤比身体的创伤更可怕，使心灵鲜活，才能使身体鲜活。"宁静祥和可使体内产生"内啡肽"，不但使心情放松，心理无恙，而且可增加活力。

(2) 调整饮食习惯：国外研究发现饮食结构与乳腺病的发病有一定的关系。此病的发生与脂肪代谢紊乱有关，体内脂肪代谢产物会产生过多的雌激素，加重乳腺增生。应适当减少饮食中的脂肪摄入量，增加碳水化合物的摄入。对疾病不利的食物要少吃或忌食。诸如，不要常吃高脂肪食品（肥肉、奶油等）或甜食（甜点、糖果类）；又如盐腌、烟熏、油煎和火烤食品（如咸鱼、烟熏香肠、红肠、烤肉、烤鱼等）均应少吃，因此类加工处理的食品中可含有亚硝酸盐、多环芳烃类化合物如苯并芘等，这些物质均有致癌作用。

(3) 保持良好的生活习惯：生活要有规律，作息时间规律，不要熬夜，做到劳逸结合。长期熬夜的人，体内褪黑素的水平失调，失去对乳房的保护作用。

(4) 减少体内的雌激素：运动可以消耗过多的脂肪，控制体重对乳房有保护作用。另外，肝脏对多余的雌激素有灭活作用，能减少体内的雌激素水平，所以平时也要注意对肝脏的保护。

(5) 控制雌激素的摄入：避免滥用避孕药物，少吃用激素喂养的家禽、水产品。另外，一些美容护肤用品、化妆品、丰胸产品、美发产品等也会含有大量雌激素，乳腺增生患者应该尽量少用。

举两个常见的例子。现代社会中，很多人由于工作压力大，久坐少动，常常会出现便秘。很多人认为每天早晨服用一杯蜂蜜水，这样既通便又养颜。当然通大便的效果是好的，但经过研究发现，蜂蜜有雌激素样作用，久服会诱发甚至加重乳腺增生病。另外，处于更年期的女性为了保持年轻的状态，往往在大量广告的刺激下，服用含有雌激素的补品。我们在大量的乳房体检中发现，很多五六十岁已经绝经女性的乳房居然像四十几岁的乳房一样有弹性，当问及其原因时，患者还很自豪地说补品效果好呀，吃了以后，别人都羡慕她身材好皮肤好。其实她们并不知道，这种违背自然规律的做法，已在不知不觉中为疾病埋下了隐患。

(6) 妊娠与哺乳：妊娠与哺乳是女性的正常生理功能，对乳腺功能也是一种生理调节。因此，适时婚育哺乳，对乳腺是有利的。相反，30 岁以上未婚、未育或哺乳少的女性则易罹患乳腺增生病。

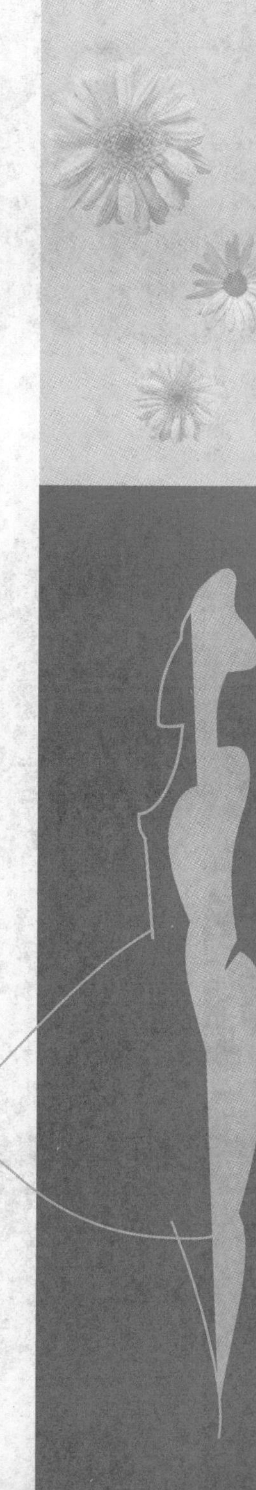

另外，要避免多次人工流产、药物流产。

16. 丈夫爱护下的乳房更健康!

保持夫妻生活和睦，能够消除不利于乳腺健康的因素。如果情绪不稳定，可抑制卵巢的排卵功能，也可使雌激素增高，导致乳腺增生病。医学专家认为，经常有性生活的女性，由于丈夫经常抚摸妻子的乳房，能促使乳房血液循环加快，性激素分泌增加，对乳房有保护作用。同时，性爱还可以促进体内的内啡肽分泌，使巨噬细胞的活性增强，能避免和防止乳房癌的发生与发展。

17. 教你做几道药膳!

药膳近几年来十分流行，它是把药物和食物合理搭配，运用中国传统的烹调技术，结合现代口感，制成的具有一定保健作用、色香味形俱佳的食品。药膳取药物之性，食物之味，共同起到保健强身、治病延年的作用。我国历代医家在防病治病、养生长寿方面积累了极为丰富的经验，恰当合理的药膳能使“五脏病各有所得者愈”。

下面教你做几道药膳：

(1) 橘汁饮

[原料]适量橘叶、橘皮、橘核、橘络、白糖。

[制法]先将橘叶、橘皮、橘核、橘络加水浸泡30分钟，煮30分钟，用纱布过滤，取汁放入容器，加糖适量即成。

[吃法]可当饮料服用。

[功效]疏肝理气，解郁。

(2) 海带番茄豆腐汤

[原料]适量海带丝、番茄、豆腐、酱油、葱花、盐、麻油。

[制法]海带适量，水泡发涨，切成细丝备用；适量豆腐切成小块备用。红番茄 2 个，洗净后切片，用橄榄油炒匀后加水，再加海带丝、豆腐、调味剂煮沸。

[吃法]晚餐服用。

[功效]疏肝理气，解郁。

(3) 佛手丹参饮

[原料]佛手 12 克、橘皮 20 克、郁金 15 克、丹参 15 克、炒麦芽 20 克。

[制法]每日 1 剂，水煎两遍。

[吃法]每日分 2 次服完，连服 1 个月为 1 疗程。

[功效]疏肝通络，解郁。

18. 乳房保健操!

乳房保健操主要是结合祖国传统经络、腧穴理论和现代解剖、生理学知识，创立的乳房按摩手法，具有调畅气血、通络散结、美形保健的作用。长期坚持自我乳房按摩，能达到防病治病的目的。每周做 2～3 次，具体操作方法详见第十一章。

19. 适度的日常运动能防治乳腺增生病吗?

《吕氏春秋·尽数篇》说："流水不腐，户枢不蠹。形气亦然，形不动则精不流。精不流则气郁"。意指日常运动的重要性。

在这里向大家推荐适度的有氧运动。常规的有氧运动包括：行走、快步走、慢跑、游泳、跳绳、各种球类运动等。研究表明，有氧运动可以刺激垂体分泌内啡肽(最好的生理镇静剂)。另外，运

动时神经系统产生微电刺激，这种刺激能缓解肌肉紧张和精神抑郁，使大脑皮质放松，减轻心理紧张。从这些意义上来讲，适度的日常运动可以缓解乳腺增生病的高危因素，是高压力社会人群最好的减压方式。

当然，日常运动应谨记“过犹不及”和“盲目运动反而有害”的道理，强调适度，并要求持之以恒。科学合理的日常运动才能有效提高人体的新陈代谢，使各器官充满活力，从而推迟各器官的衰老，起到防病治病的作用。只有缓慢的有氧运动才有利于健康，而剧烈的无氧运动，非但不能给健康加分，反而会损害健康。

另外，广播体操中的扩胸动作、上下挥动上肢的动作也能促进胸部的血液循环和淋巴代谢，加速毒素代谢，对乳房疾病有一定的防治作用。建议每日早晚各做30次。

20. 乳腺增生病会自愈吗？

如果你能够积极地预防乳腺增生病，避免发病的高危因素，随着年龄的增大，绝经期的来临，乳房中的脂肪组织增多，腺体组织退化，乳腺增生病的症状是会逐渐消失的。

（朱文静　张　明）

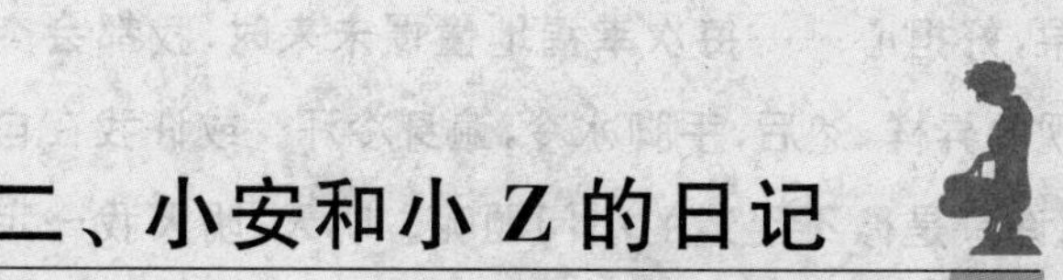

二、小安和小 Z 的日记

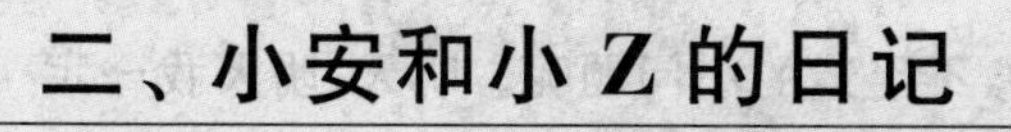

——乳腺纤维腺瘤的防治

小安：

2007－09－27

今夜真是一个曼妙的夜晚！鲜花、音乐、烛光，最重要的是有我心仪的小 Z 相伴！交往了 5 个多月，我觉得我们真是特别的投缘，和他在一起的时光好像特别容易过。刚刚我洗了个舒服的泡泡浴，算是给自己一个额外的犒劳。不过泡澡的时候我似乎在左边的乳房外侧摸到了一个圆圆的东西。嘿，管它呢！已快到午夜了，我的眼皮已经开始打架了。晚安，小 Z，祝我今夜做个好梦。

2007－10－23

又是繁忙的一天！考核终于结束了。忙了这么久，我似乎可以松口气了。不过最近心里一直有些七上八下，自从上个月洗澡时发现了乳房上的那个东西，我开始特别地留心。摸上去似乎是椭圆形，差不多有鸽子蛋那么大，按上去倒也不觉得痛，用手一推它还会移动。小 Z，我想我要去看看医生了，可我真担心医生会告

诉我一个坏结果，好担心……每次幸福地憧憬未来时，我都会突然记起身体出现的异样，然后，手脚冰冷，遍身冷汗。或许我在自己吓自己吧，也许只是微不足道的小问题呢。明天，明天我一定去医院，给自己一个答案。

2007－10－24

今天，我在女友的陪伴下来到了医院。医生在给我做了详细的检查之后建议做B超。等报告的过程真是一个煎熬。最后结果好不容易出来了，上面赫然写着：乳腺纤维腺瘤。看到瘤这样的字眼，心里顿时一紧，赶快拿着报告再回去问医生。医生告诉我，我左乳外上方的肿块直径大约2.5厘米，质地偏硬，有弹性，表面光滑，边界清楚，与周围组织无粘连，活动度比较好，可以用手指推移。结合B超结果，我患的是乳房纤维腺瘤。这种纤维腺瘤一般多为良性，但不排除恶变的可能，建议手术治疗。医生还说了什么，我没听懂也不想再听，我觉得那一刻我只听得到“轰轰”的鸣响。乳房纤维腺瘤！我反复咀嚼这几个字的含义，然而感到的只有苦涩与难以置信。天哪！我竟然真的生了肿瘤，我一直以为这两个字今生不会与我有交集！这一定是一场噩梦，我需要静一静，我要去睡觉了，也许一觉醒来就会发现什么都没有发生。

2007－10－26

又过了两个夜晚，无论我怎么睡也驱不走这场噩梦。是的，我一直试图欺骗自己，可那个两三厘米的肿块是真真切切地存在于我的身体，而且不能完全排除恶变的可能。我还这么年轻，我不敢想以后会怎么样。小Z，我好怕，你知道吗？这几天我的情绪很差，工作时也经常走神，看着同事困惑而又关怀的眼神，我真不知道该怎么说。小Z，这几天我经常无缘无故地朝你发脾气，你不要生气，我没有告诉你原因，因为我害怕你为我担心，我害怕你会离开我。

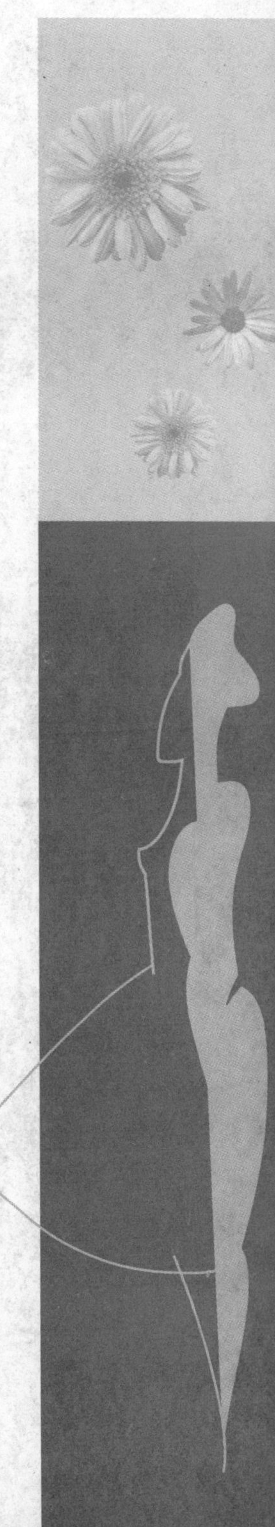

2007-10-30

今天我又换了一家医院重新检查了一次,我多么希望那是一次误诊。可结果和上次一样。我不知道该怎么形容那一刻的心情,有一种认命的悲伤,也有一种朦胧的坚强。也许,我真的要好好面对了。我的耳边又一次响起了医生的话:这种肿瘤绝大多数是良性的,建议手术治疗。考虑到你还没有结婚,如果暂时不想手术的话,也可以先观察一段时间。但是妊娠或哺乳期肿瘤可能会迅速生长,甚至出现癌变的可能。为了避免发生这种情况,建议还是要在妊娠之前进行手术治疗……我该怎么办?小Z,我该怎么办?

2007-11-05

最近,我似乎已经渐渐接受了在我身上发生的一切。我刚刚冲了热水澡,试图让我的大脑休息一下,可是,没有用!没有用!隔着薄薄的水雾,我看到镜子里自己那引以为傲的姣好身材,这里面竟然会藏着一颗定时炸弹!难道真的要在我的身体上留下一个丑陋的瘢痕才能够换得我的平安吗?而且,开刀以后再长出来怎么办?继续手术?那我作为女性象征的乳房将会变成怎么样呢?我的内心一片荒芜,我的脸上一片水迹,我知道我又哭了。在安静的夜里,我已不知这是第几次流泪了。

2007-11-06

昨晚,我思前想后,觉得还是应该把这件事告诉小Z。电话拨通的时候,已经很晚了。在听到小Z声音的那一刻,我原来已在心底演练过好多次的那些话竟然一个字也讲不出来。短短的几秒钟的间隔,对于我来说竟无比的漫长,我的脑海中像播放电影一样播放了好多我们在一起的美好瞬间,温情溢满我的心底。我对小Z说:小Z,我爱你。他听了一定很开心吧!可接下去我真的不知道该说些什么,我怎么舍得破坏弥漫在空气中的幸福?最

后，我给小Z讲了一个故事，一个关于妻子得了乳房肿瘤，最终被丈夫抛弃的故事。我很想知道，如果我是那个女人，而小Z是那个男人，那么故事的结尾又会是怎样的呢？小Z没有直接回答我，我觉得他有些慌乱。是的，他不知道我将要面对可怕的手术，可怕的瘢痕，可怕的绝症。他让我不要胡思乱想，他说他会一直呵护我，保护我。我微微有些心安。可是，爱情，到底有多坚韧？我不知道……

2007－11－08

晚上，小Z约我一起吃晚饭。我觉得这顿饭吃得很沉闷，因为我总想找个合适的机会把我的事情告诉他，毕竟我不能一直瞒着他，这样对他不公平。可是看着他的眼睛，我就觉得什么都讲不出来。最后，还是小Z先开了口，他问我，"安，你是不是有什么事情要对我讲。"我注意到那一刻他的表情很紧张。于是我一下子就哭了，多日来郁积的情绪终于有了一个宣泄的出口。我把我的病情慢慢讲给小Z听，我觉得轻松了些，我要小Z好好想想，过两天再打电话给我。

爱情有多坚韧？我仍然做了最坏的打算。我不想失去我的小Z，不想失去那个宠我爱我，与我心心相印的男人。可是，我知道，有些事情不能强求。小Z，你知道吗？我有多爱你！

小Z：

2007－10－26

今晚安又发脾气了！我真是丈二和尚摸不着头脑。我觉得她最近一直很焦虑，莫非焦虑是现代人的通病？我问她是不是最近工作压力太大，她摇头；问她是不是家里出了什么事，她摇头；问她是不是有心事，她还是摇头！我知道她一定有什么事情瞒着我，可究竟是什么呢？老天呀，我都要发狂了！

2007－11－06

晚上 11 点，安给我打来电话，她从来没有这么晚和我通过电话！安是个感情上很细腻甚至有些内敛的女孩子，可是她今天和我说的第一句话就是："小 Z，我爱你。"那一刻我狂喜！心中的甜蜜瞬间犹如泉涌。可接下来安变得有些莫名其妙，好像欲言又止的样子，最后她给我讲了一个故事：一对曾经相濡以沫的夫妇，一同走过了几十个春夏秋冬，一同看潮起潮落、云卷云舒。可是有一天，妻子被诊断患了乳腺癌，在手术之后，她的身体上留下了一道长长的丑陋的瘢痕，身体状况大不如从前。丈夫最初表示所有的一切都不会影响他对她的爱，可半年后他们还是离婚了，理由一如那道瘢痕一样隐晦而又深刻。安说她看了这个故事之后心中充满了悲伤。她问我，是不是感情在现实面前都是无比的脆弱，不堪一击。最后，安问我，小 Z，如果你是那个男人，我是那个女人，你会怎么办？我一时语塞。说真的，我从来没有考虑过这种问题。我对安说，安你不要胡思乱想，那只是故事，不会发生在我们身上，我会一直爱你，一直在你身边呵护你保护你。我听到安轻轻地叹了一口气，然后她说："我知道，不早了，睡吧。"

安挂电话的那一刻，我满心的狐疑。或许女孩子比较容易多愁善感吧！我又想到了安最近莫名其妙的坏脾气，这两者之间会有什么联系吗？可之后我又想到了安说爱我的那句话，我又觉得幸福无比。唉，真是！思绪有些乱得理不清楚。不过有一点我可以肯定，安一定觉得我是值得依赖信任的，不然怎么会这么晚对我讲述一个故事？女人的心思，还真是难以捉摸。我决定还是去见周公，或许他可以给我解释一下。

2007－11－07

好累！昨晚做了一晚的梦，梦里翻来覆去是安故事中的那对夫妇，还有我们俩。梦中，我看到了泪水、微笑、诺言、抛弃，时而

人物场景变换，我们两个似乎成为那个故事的主角，我似乎成为那个男人，而安似乎是那个女人。清晨，我在满身大汗中醒来，一时分不清是梦境还是现实。安怎么会那么晚打电话给我讲那个故事？最近她的情绪也有些古怪，经常会莫名其妙地发脾气。莫非她……乳腺癌？不不不！安还那么年轻，不会得这么恐怖的疾病！安……昨夜的那份甜蜜已经荡然无存，我感到惶恐不安，甚至听得到自己的心跳。但愿我不是过于敏感。

2007－11－08

晚上，约了安吃晚饭。我故意没有再提前晚的事。我发现安的话很少，甚至有些回避我的目光。我想不是我敏感，安一定是有心事的。等到盘中食物所剩无几时，我小心翼翼地捧着安的脸，问："安，你是不是有什么事情要对我讲。"而安的眼中很快地蓄满了泪水。那一刻，我的心一下子很疼很疼。我又轻轻地问："安，你是不是病了？"我看到安轻轻地点了点头。我怕极了，唯恐听到什么可怕的字眼。安慢慢地告诉我，她得了乳房纤维腺瘤，这种病在青年女性中是好发的，虽然一般不会恶化，但在怀孕或哺乳期瘤体可能会迅速增大。鉴于她生的肿瘤体积较大，已经超过两厘米，医生建议手术治疗。之后，安看着我的眼睛，说："小 Z，即使手术能够治好我的病，也会留下瘢痕，你在乎吗？"不等我回答，安又说："小 Z，不要急着回答我。过两天，给我电话。"

听了这一切，我的心松了又紧，紧了又松，纤维瘤？是癌吗？好像不是啊！可我的心仍然有些乱……安不肯再谈什么，很倔强的表情，只是要我送她回家。

而我现在，坐在书桌前，反复问自己，我在乎吗？我终于知道了安为什么给我讲那个故事。

2007－11－09

从昨夜到今天，如安所说，我考虑了很多，并且咨询了我的医生朋友，终于知道她生的并不是什么天大的毛病，只要一个小小的手术就能治愈。只是因为手术可能会带来无法避免的瘢痕。我知道她怕我不能接受，她害怕那道瘢痕也成为我们感情的伤疤。我能体会到她心中的不安。我也反复地问自己，我在乎吗？不在乎吗？在乎吗？不在乎吗？我有些自私地承认，安的身材姣好，对于她身体上的瘢痕，我是有些小小遗憾的。可是难道就因为这，就要我放弃我深爱的一个女孩吗？安像我心中盛开的郁金香，一想到她我就觉得陶醉又平静。就好像徐志摩那句广为流传的话，我觉得安就是我在茫茫人海中唯一的灵魂之伴侣，我怎么能离开她，我怎么舍得！没有什么能够分开我们，更何况是这微不足道的小病！安，你好傻！我想着那天晚上安勉强伪装的坚强，好心痛。我现在只想抱着她，感受她的心跳，闻着她的发香，亲吻她的额头……

中午的时候，我拨通了小安的电话，"安，怎么就知道胡思乱想呢？没有什么能够分开我们，你知道吗？没有什么大不了的，不管现在还是以后，发生了什么，我们一起承担，不要再这样傻傻地一个人承担……"我的安在电话那头放声地哭了。

3个月以后……

安：

2008－2－14

农历年前，我做了手术，病理检查结果出来了：是良性。这期间，小Z一直陪伴在我身边，无微不至地照顾我。我经常傻傻地看着他写满爱意的脸，然后，听见花开的声音。

2008－3－26

今天，我和小Z结婚了！我执意在白纱上别上了粉红丝带，那象征着关爱女性乳房，关爱女性健康，也象征着我们曾走过的

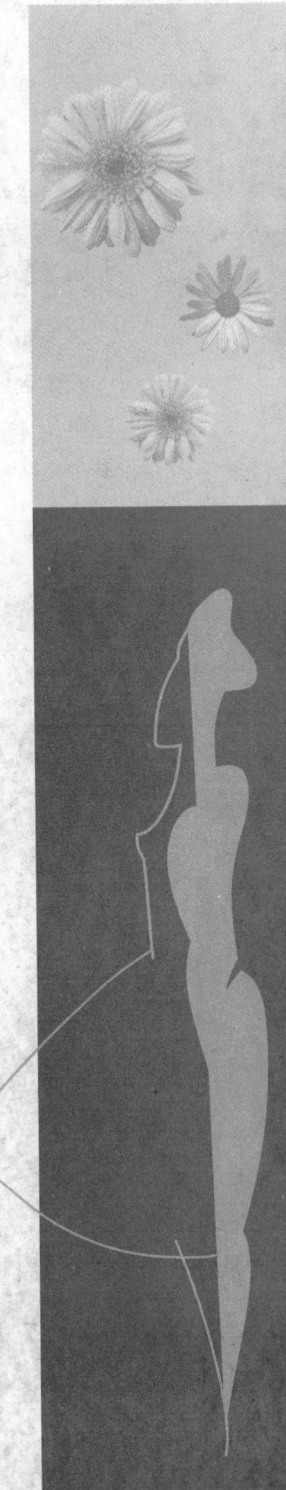

点点滴滴。我们宣读结婚誓言的时候，我看到小 Z 脸上洒满阳光，看到他无法掩饰的激动，我觉得自己是这世上最幸福的新娘。

爱情有多坚韧？我想我知道了。

乳腺纤维腺瘤是由乳腺组织和纤维结缔组织异常增生而形成的一种乳房良性肿瘤，是女性乳腺最常见的良性肿瘤，约占乳腺良性肿瘤的 75%。常见于 18～35 岁青壮年女性，尤以 25 岁以前为多见。肿瘤多为单发，少部分为多发，也可两侧乳房同时出现。研究表明，乳腺纤维腺瘤的发生、发展与雌激素的关系密切，因此月经来潮前或绝经后少见。乳腺纤维腺瘤好发于乳腺的外上方，多表现为球形肿块，肿块边界非常清晰，表面光滑，在乳房内很容易被推动。除肿块外，病人多无其他感觉。肿块一般生长缓慢，可以多年无变化。但在妊娠或哺乳期，随着激素水平的变化，肿块可迅速增大，发展成为巨大的肿瘤。肿块直径＞7 cm 时，称为巨纤维瘤。乳腺纤维腺瘤由上皮组织和纤维组织两种成分构成，虽然上皮组织癌变的概率很小，但纤维组织恶性变的可能性略大，有发展成为肉瘤的可能，一般有 5%左右的恶变率。

在临床上，一旦怀疑患上乳腺纤维腺瘤，可进行一些相关的检查，如钼靶 X 线乳房摄片、B 超，或待乳腺肿瘤全部切除后取活体组织进行病理切片检查，以进一步明确诊断。

目前，手术是乳腺纤维腺瘤最有效的治疗方法。但并不意味着只要一发现腺瘤就需立即手术，应严格掌握手术时机及手术适应证，不能一概而论。如 20 岁左右的未婚女性，如果腺瘤不大，则不宜立即手术，应以临床观察为主；如果为已婚的青年女性，其腺瘤在1厘米以上，则宜在妊娠之前手术；如果在妊娠或哺乳期新出现的腺瘤，则首先观察其肿块生长情况，对于肿块生长迅速者，应立即手术；如果为35岁以上的女性发现腺瘤，特别是绝经以后新出现的腺瘤，则应立即手术切除，并做术中冷冻切片检查。对于术后于原处又复发的病例，应警惕其恶变，每复发一次，就增加了一些恶变的可能性。所以，原则上仍应手术治疗，并且在手术时需稍扩大切除周围腺体，术后可服中药治疗，减少其恶变的可能性。

此外，当腺瘤较小时，也可以考虑服用中药治疗。中医称乳腺纤维腺瘤为“乳核”。中医认为，乳核是由于肝气郁结或血瘀痰凝所致。故临床上可结合下述方药进行治疗。

▲ 肝气郁结型：一般肿块较小，发展缓慢，不红、不热、不痛，推之可移。可有乳房不适，胸闷叹息。苔薄白，脉弦。治以疏肝解郁、消块散结为法。方用逍遥散加减，药用柴胡9克，当归12克，赤芍12克，全瓜蒌15克，半夏15克，郁金12克，香附9克，石见穿30克，贝母15克，昆布30克。

▲ 血瘀痰凝型：一般肿块较大，坚实木硬，重坠不适。胸胁牵痛，烦闷急躁，或有月经不调、痛经等症。舌暗红，苔薄腻，脉弦细。治以疏肝活血、化痰散结为法。方用逍遥散合桃红四物汤加减，药用桃仁9克，红花9克，当归12克，赤芍12克，莪术30克，穿山甲12克，昆布30克，生龙牡各30克，石见穿30克，八月札30克，柴胡6克，茯苓12克。

在服用汤药期间，应注意饮食宜忌，不要食生冷、油腻、腥发及刺激性食物；注意经期停服；发生感冒等感染性疾患时停服。如果服用一段时间后，腺瘤不仅没有缩小，而且继续增大，且增长比较迅速，则宜停止中药治疗，及时予以手术。

此外，外治疗法对于乳腺纤维腺瘤亦可起到一定的作用，如

阳和解凝膏掺黑退消外贴患处，或用一些活血化瘀、化痰散结的中药用蛋清或食用酒调和后外敷患处，均可有一定的临床疗效。但需说明的是，中药外治法一定要在医生指导下使用，千万不要听说某一种外用药有效，便自行试用。特别是有些药物可能具有一定的腐蚀性和毒性，自行外用后不仅不能治病，反而会添新病，引起局部皮肤溃烂，所以，一定不可擅用。

那么，又该如何预防乳腺纤维腺瘤呢？

(1) 爱护乳房，坚持体检。每个不同年龄段的女性都应坚持乳房自查，每月的月经干净后进行；30 岁以上的女性每年到乳腺专科进行一次体检，40 岁以上的女性每半年请专科医生体检一次，做到早发现早治疗。

(2) 保持良好的心态和健康的生活节奏，克服不良的饮食习惯和嗜好，有规律地工作和生活是预防乳腺疾病发生的有效方法。

(3) 正确对待乳腺疾病，不可讳疾忌医。发现乳房有肿块后应立即找乳腺专科医生检查，配合治疗。尽管乳腺纤维腺瘤是良性肿瘤，但也有恶变的可能，特别是妊娠或哺乳期间瘤体增长很快或年龄偏大、病程较长，或伴有乳腺增生或多次复发者，应提高警惕，及时就诊，防止病情变化。

随着近年乳房恶性肿瘤的发病率不断地升高，女性朋友每每听见“肿瘤”二字已是谈虎色变、心先受创，就像小安一样，未病已心先受创。这样的反应是因为对该病的不了解所致。因此，普及乳房疾病知识，对我们医务工作者来说，显得迫切重要。

首先“肿瘤”一词是个医学术语，从专业角度来说它分为良性和恶性肿瘤。通常我们所说的乳腺纤维腺瘤其实就是乳房的一种良性肿瘤，除了肿块时有胀痛不适以外，疾病本身并不会对身体造成严重后果，只有极少数的病例在怀孕等体内激素突然改变的情况下，瘤体会迅速增大，可能导致恶变。因此患有乳腺纤维腺瘤的女性朋友不必担忧，更无须惊慌。而恶性肿瘤往往具有明显的“恶性特征”，比如自检的时候会发现肿块的边界不清晰，质地较硬，与周围的组织粘连，难以推动，并且没有明显的胀痛不适感，有的时候肿块表面的皮肤还会出现橘皮样的改变，肿块体积短时间内迅速增大等等，这些都是恶性肿瘤的潜在信号。

此外，两种不同的疾病有着迥然不同的治疗方法和预后，如果混淆将会对患者自身造成不必要的心理负担，要知道长期的精神抑郁也是乳房的劲敌！倡导对乳房的重视，并不表示让女性朋友整天担心可能会走进癌症患者的队伍中去，而是希望能够在定期的检查中减少乳房恶性疾病的发病率。对于患有乳腺纤维腺瘤的女性来说，只有经过正规的治疗以后，定期随访，放松心情，完全可以作为一个健康美丽的女性幸福地生活。

粉红丝带在飘扬，每一位女性朋友，关爱乳房，关爱自己的健康。

（王　涓　周　敏）

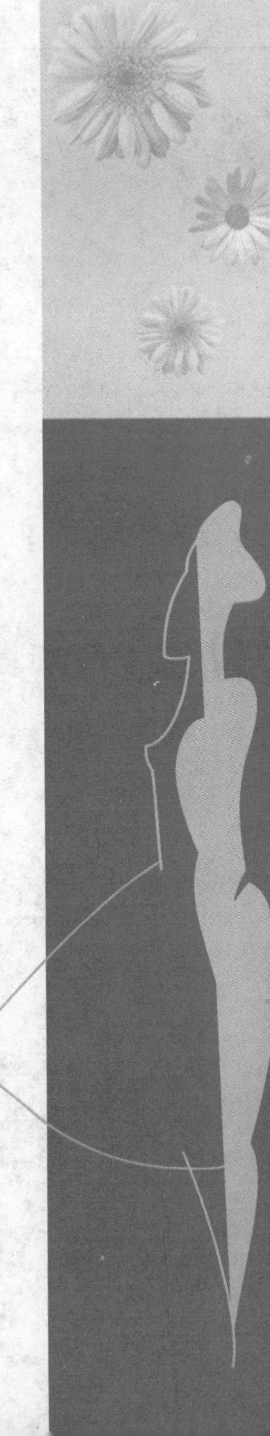

三、乳房心情

——乳腺炎的防治

我，材料工程博士生毕业，现任某跨国公司研发中心实验室主任，社会上把我们这种女人戏称为“灭绝师太”。可我这个“灭绝师太”却照样拥有美满的婚姻和幸福的生活。我丈夫是我大学时期的同学，他很支持我的工作。虽然我们都很喜欢小孩，但为了让我能专心发展事业，我们把生小孩的计划一延再延。

怀孕的日子，辛苦却幸福

那天知道自己怀孕了，那种兴奋的心情，我到现在还清晰记得。正好完成了公司的一个大项目，想着这下可以把生孩子的日程提前了，没想到天遂人愿，多年来对丈夫的愧疚终于可以偿还了。

怀孕的日子对我这个高龄孕妇来说既辛苦又幸福，丈夫对我的关爱更加无微不至，我真觉得自己是天底下最幸福的女人，无论是事业还是家庭都如此完美无瑕。因为34岁才怀孕，身体的反应很大，但是眼前的甜蜜让我觉得什么不适都微不足道。

宝宝诞生，痛苦降临

亲爱的宝贝终于降生了，她的一声啼哭让我忘却了剖宫手术的痛苦。老家的妈妈也过来照顾我，丈夫还很贴心地请了月嫂。所有的一切都是那么称心如意，生活在我看来只有阳光灿烂的一面。

终于知道什么是乐极生悲了，就在宝宝诞生后，我的两个乳房就开始"闹情绪"了。胀奶的疼痛让我难以承受，宝宝饿了就哇哇大哭，我心疼呢，忙用吸奶器吸，结果不但没吸出多少奶水，还经常把奶头弄破。这种尴尬又痛苦的经历，让我备受打击，情绪也变得不好起来。丈夫和妈妈在一旁也使不上劲，只能在边上干着急，原有的和谐美满居然因为乳房不配合工作，被无情地打破了。

每天用吸奶器，乳头又红又肿，疼得我偷偷直掉眼泪。丈夫实在心疼我，跟妈妈商量后决定让我回奶算了，反正现在的奶粉营养价值足以满足宝宝的需求。就在这时，我的一侧乳房出现了异常的肿块，还隐隐作痛。本以为是吸奶器使用太频繁造成的，按摩一下就会散去的。谁知道过了两天，乳房肿块不但没有消散，我开始迷迷糊糊发起烧来。这下，家里人都慌了神，赶紧把我往医院送。

生产后再入院，却因急性乳腺炎

因为是产妇，出门时特意穿戴了一下。夏天的日子，我穿了长袖长裤，头上围了一块大丝巾，还在上衣外面披了一块大的毛巾。一路上先生和母亲始终小心翼翼地搀扶着我。接诊的女医生似乎很熟悉这种打扮，赶紧让身旁的学生把诊室的空调和电扇都给关了才开始问诊。

医生确诊，我患了急性乳腺炎，也就是俗称的“奶结”。虽说我是高材生，但是对这种病的知识实在是少得可怜。我更加纳闷的是，有这么多人的悉心照顾，我怎么还会生病呢。

医生的回答让我茅塞顿开，原来很多新妈妈都会遇到这个问题。这种病形成的原因有很多，比如，有些宝宝喜欢含着妈妈的乳头才能入睡。其实这样对妈妈非常不好，因为长时间的咀嚼会损伤乳头，导致乳汁排出不畅而淤积，同时细菌的入侵就会引起炎症。我的宝宝好几次都是吃着吃着就睡着了，我怕吵醒她，就由她一直含着我的乳头，没想到无意中损害了自己的健康。如果饮食方面不注意，也有可能造成气血运行的不利，从而使乳汁排出不畅。我生产后，丈夫和妈妈担心我太虚弱，就天天让我胡吃海喝的，什么有营养价值就给我吃什么。其实，进补过度反而会过犹不及。没想到，我对宝宝的爱心，丈夫和妈妈对我的关心，却恰恰成了我这无妄之灾的罪魁祸首。

中医内调外理治疗，学习育婴保健知识

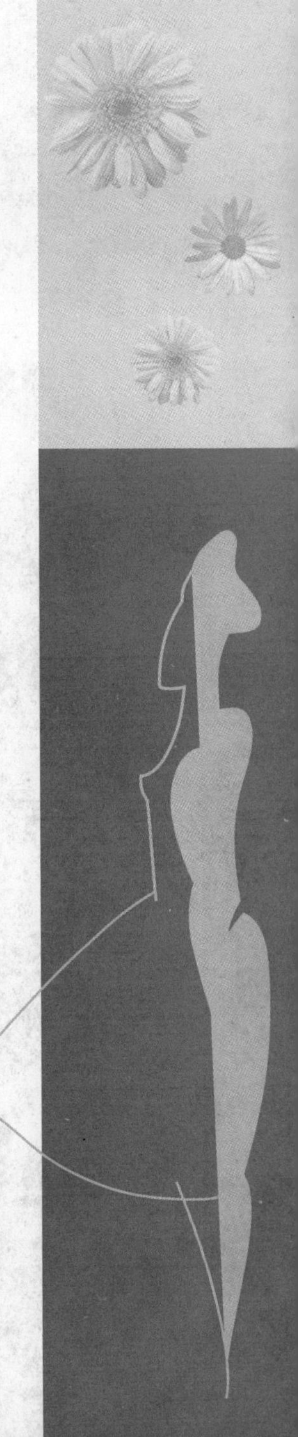

医生说我好在及时送院治疗，要是疏忽大意，乳汁长时间淤积，再加上细菌入侵后的反复感染，乳腺组织化脓溃烂，后果真是不堪设想。我的乳腺炎只是处于早期，通过中医疗法，还能较快地康复。

我的当务之急是要尽快疏通乳腺管，为此医生给我制订了治疗方法：内服中药，外敷药膏，手法推拿。我希望病愈后能继续给宝宝喂母乳，故担心这样的疗法会不会对我以后的哺乳产生影响。医生的解释让我解除了疑虑，她说无论是内调还是外理，都是以疏通经络为目的，希望让我尽快通畅地排乳，不会有任何副作用，且不会影响日后正常哺乳。

接下来与医生的一段问答，让我感觉比博士生毕业答辩还要紧张，原来在育婴保健方面，我真是非常无知。

医生："你会喂奶吗？"

我不禁语塞，心里虽然想，这不是很简单吗？可是却底气不足，怯怯地回答："应该会吧"。医生让我具体说，我却说不上来，只是语无伦次地重复，"不就是抱着宝宝喂就行了嘛……"

医生笑笑，感叹道："你别小看这件事，学问大着呢。你每次都是直接喂宝宝吗？有没有做什么准备？"

我回答："没有，她饿了就直接给她喂。"

医生耐心地解释到："喂奶前可以热敷5分钟，先挤出少量乳汁，等乳晕变软后再喂哺。喂完后，如果乳汁没有让宝宝完全吸尽，一定要手动排空。这一点非常重要。一般的哺乳间隔时间为3小时左右。如果有时没有哺乳，也要把乳汁手动排出。因为时

间一长，乳汁就会淤积，就有变成乳腺炎的隐患。那宝宝吃完后，你是不是就直接拉出乳头？”

我回答：“是的，可能有时她已经睡着了，也不能弄醒她。”

医生：“这样做对乳头的伤害很大，最好用食指轻轻按住宝宝的下颌，让她自己放开乳头，切忌强行拉出。你要知道，乳头的破损很容易让细菌乘机而入。每次喂乳后，你可以挤出一些乳汁或用蛋黄油涂在乳头和乳晕上，然后在胸罩下面垫一块干净的毛巾，这样能很好地保护乳头。”

原来这么一件轻松平常的事情，却也有如此之多的小知识。看来我真是一个不合格的妈妈，连自己都不懂得保护。

医生还特别推荐给我一套乳房保健操（详见第十一章），叫我平时在家经常按摩，这样可以调畅气血，通络散结，还有美形保健的作用。

积极配合治疗，回归快乐生活

找到好的治疗方法，我对急性乳腺炎的尽快治愈充满了信心。每天按时服用中药，按照医生的嘱咐清洁乳房、敷用药膏。

敷药膏对我们平常人来说还真是个难度系数不小的技术活。先生做事认真，严格按照医生所说的，把金黄膏涂在纱布中间，涂成1毫米即一元硬币厚。敷贴时暴露出乳头，这样就不影响排乳。24小时都敷，哺乳时就拆下敷贴，清洗干净乳房再哺乳，结束后仍敷上。值得一提的是：及时哺乳，婴儿口腔的吸吮对于乳汁的排出很有帮助，即使不方便哺乳，那么也一定要手动挤乳，将淤积的乳汁排出。

除了这些，我还每天做乳房保健操。多管齐下，乳房上的红肿逐日消退，胀痛感也日益减轻，病情明显好转。

之前焦虑的心情也一扫而光，情绪越来越平稳，愉悦的心理状态自然是一剂额外的良药，帮助我更加快速地恢复起来。看着一旁只能吃奶粉代替母乳的宝宝，我默默地想，宝宝再坚持一下，妈妈马上就可以好起来了。

1周之后，乳房的肿块就消除了，乳汁也排得很通畅。宝宝又重新吃上了母乳，看着她津津有味的可爱模样，我知道我的快乐生活又悄然回归了。

复诊后，医生确认我已完全恢复，恭喜之余，医生提醒我一定要谨遵医嘱，平时于细节处多加注意，乳房的保健工作是绝对不能怠慢的一项重要任务。

让人心惊胆战的教训

在一次候诊排队的时候，和邻座的新妈妈病友聊天。她说她也是急性乳腺炎，因为拖延了治疗时机，病情发展较重，化脓了，所以挨了一刀，是来复诊换药的。我吃了一惊："急性乳腺炎还要开刀?！太可怕了。"那位病友苦笑着说："是啊，当时不懂尽早治疗，家里老人说月子里不让出门，所以耽误了，结果化脓了只好切开排脓。打麻药的时候紧张死了，担心乳房上就此多了一道大口子。不过还好，用的治疗方法是切开引流加药线，所以刀口不大，1厘米多，真是不幸中的万幸。"

这个教训让我很是震惊，也庆幸自己及时就诊。回家后，也告知各小姐妹，乳汁淤积一定要尽早治疗！

 路漫漫其修远兮,吾将上下而求索

患了急性乳腺炎之后,我对相关的网站、杂志都会下意识地留心。一天看到网站上某新妈妈诉说她的遭遇,有种感同身受的心情。那位网友也是哺乳期发生了乳汁淤积,并有发热,在某中心医院点滴抗生素 10 来天;后来烧是退了,但是乳房遗留一小结节。虽然不痛不痒,但洗澡的时候总是不时摸到,令她十分郁闷。乳腺科医生诊断是积乳囊肿,即俗称的"僵块"。

起初我不是很理解,所以咨询了相关专家,他们给我这样的解答:在急性乳腺炎初期,乳汁淤积的导管扩张形成囊肿,若失治误治,易致化脓,甚至形成传播性囊肿或乳瘘。对于感染严重的患者,合理使用抗生素对于控制炎症、防止感染进一步扩散是有帮助和必要的。但一味地大量使用抗生素,就会造成反效果,炎症表现虽然消失,但是乳汁淤积的基本病因没有去除。且抗生素这类药物,属中医认为的寒凉之品,寒性收引凝滞,用后导致气血凝滞,炎症组织机化,随时间的延长囊内水分被吸收,内容物变稠而使囊肿变硬,欲消不消,欲脓不脓,形成积乳囊肿,即所谓的"僵块"。

 科学回乳,画上完美句点

天气渐渐转凉,转眼已到收获的季节。我的产假也休得差不

多了。虽然在家里伴着小宝贝很幸福,但也想尽早恢复以前的工作状态。所以,开始考虑回乳的事情。这一次,我学聪明了,没有盲目行动,而是早早来到医院,请医生给予指导。

医师给我制订了回乳方法:内服中药,减少乳汁排泄,并疏通胸部经络,逐渐改变哺乳时间。医生说这不是一个很难的事,但是需要耐心和细心。有过急性乳腺炎病史的产妇,复发率也很高;尤其是在回乳的时候,是一个高发时期。说我能来医院,在专业意见指导下回乳,是对自己负责,值得表扬。

3周后,我回乳成功。

现在在忙碌的工作之余,我还是坚持每天做乳房保健操,每个月固定时间自己检查乳腺有无肿块。

我愿意花上一点时间,为自己的健康买一份保险。你呢?

专家点评

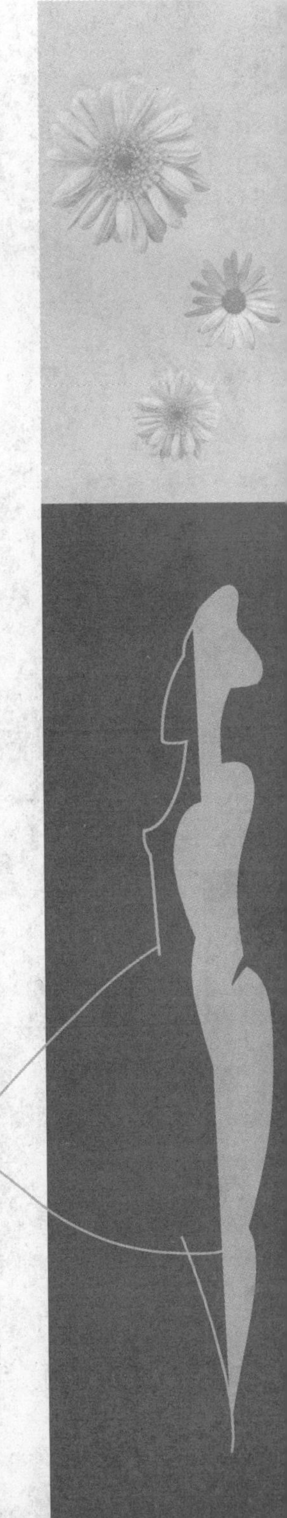

1. 急性乳腺炎的成因

急性乳腺炎是常见病,以产后未满月的哺乳妇女尤以初产妇多见。因产后护理不当和哺乳不当,乳汁淤积,乳头破裂所致。

乳汁排出不畅,淤积在乳腺导管内引起组织反应,乳腺管痉挛使局部血供减少,抗病能力减退,组织代谢产物增加,刺激乳腺管进一步痉挛,使乳汁淤积进乳管内,成为由于乳头破裂乘机而入的细菌良好的培养基。细菌在乳管内的生长繁殖则进一步刺激组织缺血,加速组织的坏死化脓。如此反复,形成恶性循环,进而发生急性乳腺炎。

急性乳腺炎早期,患者乳房胀满、疼痛,哺乳时更甚,乳汁分

泌不畅，乳房肿块或有或无，皮肤微红或不红，或伴有全身不适、食欲欠佳、胸闷烦躁等。

2. 急性乳腺炎的预防

任何疾病的发生都是从未病到已病，从未成形到已成形，器质性的病变都是从非器质性的阶段发展而来。急性乳腺炎的根本病因乃乳汁淤积，因此预防应以疏导为主，以通为用（重在通畅）。《丹溪心法》说道"于初起之时，便需忍痛，揉令稍软，吮令汁出，自可消散，失此不治，必成痈疽"（在乳汁刚刚发生淤积的时候，就要忍住疼痛，用手法按摩使乳房柔软，多让宝宝吮吸使乳汁排出。这样，乳汁通畅了，淤积自然消散。如果错失最佳治疗时期，就可能成为乳痈）这就是祖国医学中的推拿手法对于本病的作用。此处所讲的乳房保健操是根据中医学"女子乳头属肝，乳房属胃"、"肝主疏泄"、"以通为用"、"通则不痛"等理论，结合乳房解剖学、女性生理学而创制的一项实用技术，采用了推拿手法中的揉、拿捏、摩搓等方法，疏通乳络，促使乳管开放，有利于乳汁外排；用抹推、指击等方法在乳腺部位进行推抹、叩击，使失于疏泄的乳汁消散；取肝胃两经穴位进行按揉，诸法合用起到清肝胃、通郁结的作用。最大的优势在于没有药物成分从乳汁中排出，母亲在接受干预的同时，婴儿仍然可以吃到没有受到"污染"的乳汁，可谓一种绿色的、安全的、简便易学的方法。

针对急性乳腺炎，主要是未病先防和既病防变。

在急性乳腺炎的病因中，乳头过小过大或者内陷、乳汁过多、乳管不通、乳头破损为主要原因。病菌就会从乳头破口或皲裂处侵入，也可直接侵入引起感染。作为初产妇，如果事先没有掌握良好的哺乳知识，没有做好充分的准备工作，很可能在生产后措手不及。因此预防急性乳腺炎的发生尤其重要。

如果成年女性乳头凹陷入乳晕皮面之下，不突出于乳晕平面，致局部呈大小口状时，称为乳头内陷。乳头内陷的程度有所差别，有的仅表现为乳头的退缩，重者表现为乳头凹入，甚至翻转。乳头内陷不仅有碍乳房的美观，而且妨碍哺乳功能，且局部难于清洗，下陷的部位易藏污纳垢，常引起局部感染；乳腺导管又与凹陷处相通，炎症可向乳腺内扩散而引起乳腺炎，故应予以矫正。

对于准妈妈来说，妊娠后期应常用温水清洗乳头。假如你是先天乳头有凹陷或平坦，就请你经常地轻揪乳头，提拉矫正，以便日后方便哺乳。

对于新妈妈来说，假如你有烦恼，请尽量保持心情舒畅，避免精神紧张。一旦出现状况，及时就医。因为现代医学研究表明，应激或心理防御机制的破坏可影响人体免疫系统，导致乳腺肿瘤的发生以及感染概率增加。泌乳是受垂体前叶泌乳素所调控的，而它又受下丘脑泌乳素抑制因子、泌乳素释放因子、神经介质如多巴胺、5-羟色胺及性激素的反馈调节。排乳是受垂体后叶催产素所调控的。这种激素受母亲的心理、精神、环境因素影响，心理因素可直接兴奋或抑制大脑皮质来刺激或抑制泌乳素及催产素的释放，也可通过神经-内分泌来影响调控。因此，哺乳期产妇的心理状况直接影响到乳汁的产生和排出。乳汁排出障碍，淤积在导管内，形成细菌入侵和繁殖的良好培养基。也就是说，情志因素是影响乳汁分泌，导致乳腺炎发生的主要诱因之一。产妇产后体虚，情志抑郁使其免疫功能下降，亦可导致细菌感染，发生急性乳腺炎。

而对于产妇的家人来说，给产妇适当进补，饮食宜清淡而富于营养，忌食辛辣刺激、荤腥油腻之品。适当吃一些具有清热作

用的蔬菜和水果，如番茄、青菜、丝瓜、黄瓜、绿豆、鲜藕、金橘饼等。也可吃些海带，因其具有软坚散结的作用。如有肿胀者，宜吃薏米、丝瓜、赤豆、芋艿。胀痛、乳头回缩者，可食茴香、葱花、虾等。

总之，对于患了乳腺炎的产妇来说，请尽早配合医生的治疗，以利于及早恢复。假如你不慎化脓，也请你配合医生的进一步治疗，争取缩短治疗时间，减少后遗症的发生。

没有哺乳期烦恼的新妈妈是快乐的妈妈，因为她能给予宝宝充分的哺乳，而充分的哺乳是对女性乳房的最好保护，因为它能使女性远离妇科疾病和乳腺疾病，尽享幸福生活。

3. 哺乳知识

(1) 哺乳时应保持体位舒适，身体放松。侧卧位或坐位时，在产妇背部及抱婴儿的手臂下垫适当高度软垫或布类，以减少产妇支撑力，减轻疲劳紧张感。

(2) 喂奶前可热敷 5 分钟，先挤出少量乳汁，乳晕变软后再喂哺，此时婴儿易充分含吮到整个乳头和大部分乳晕；在一次哺乳中，应持续吸吮一侧乳房，直至得到所需的全部奶量。若婴儿还想继续吸吮时，改换另侧乳房，这样不会影响奶量，还能使婴儿吃到足够的乳汁。如果乳汁未被完全吸尽，应手动排空，保证每次哺乳时两侧乳房都能排空。

(3) 婴儿每次吸吮的时间约 5～10 分钟就自然停止。但有少数婴儿吸吮时间较长，达半小时，这是正常现象。婴儿吃奶的速度有快有慢，但摄入奶量相同，时间应服从于吃饱为止。哺乳应不分昼夜，让婴儿想吃就吃，按需哺乳，有利于母亲保持有足够的乳汁分泌。

(4) 先吸损伤轻的一侧乳房，以减轻对另一侧乳房的吸吮力。

(5) 喂哺结束后，用食指轻压婴儿下颌，使婴儿放开乳头。切忌强行拉出乳头。

(6) 每次喂乳后和 2 次喂乳间隔，挤出少许乳汁或用蛋黄油涂在乳头及乳晕上，并在胸罩下垫上干净毛巾，以保护乳头。

(7) 每次哺乳间期应为 3 小时左右。若因特殊情况不能及时哺乳，应将乳汁手动排出。时间过长易导致乳汁淤积，泌乳量减少。

（石冬梅　周　敏）

四、抚平创伤

——浆细胞性乳腺炎的防治

上天造物弄人

菲菲今年 30 岁，长相出众、身材高挑，在世界五百强的大公司有一份稳定的好工作。新婚不久，丈夫对她非常疼爱，着实过着令人羡慕的生活。但在外人看来幸福美满的菲菲，却有难言之隐。

原来，菲菲自从青春期第二性征发育后，就发现自己左侧的乳头与右侧乳头长得不太一样，有轻度的凹陷，但她认为这是在发育过程中，并且没有任何的不舒服，也就没有把这件事太放在心上。随着年龄的增长，菲菲也成了一个亭亭玉立、身材傲人的大姑娘，周围的朋友也都经常夸奖她、羡慕她的身材。然而，菲菲知道，虽然自己的外表光鲜亮丽，但左侧的乳头始终凹陷，这就显得两侧的乳房特别不对称，要不是有文胸的修饰，根本没有外人看起来的那么完美。尽管如此，菲菲的美貌仍然吸引了很多男孩子的目光和追求，她也在众多追求者中寻找到了自己的真爱，很快他们就步入了婚姻的殿堂，过起自己幸福的小日子来。

然而，就在新婚后不久，凹陷的左侧乳头逐渐开始给菲菲带来麻烦了。当她每次洗澡时，都会发现自己左侧的文胸上经常有粉汁样分泌物出现，量不是很多，但往往把左侧的乳头以及文胸弄得很脏。并且由于左侧的乳头凹陷，嵌在其中的污垢又特别难清理，所以每次洗澡都要很耐心地清洗。为此，菲菲觉得很心烦，不知道该不该把这件事告诉丈夫。一是因为她在婚前并没有告诉过丈夫自己有左侧乳头凹陷的这个小瑕疵，二是担心丈夫知道了这件事后会嫌弃她。但她犹豫再三，还是把这件事告诉了丈夫。出乎菲菲意料的是，丈夫在得知这个情况后，完全没有责备她的意思，反而非常体贴地安慰菲菲："你乳头凹陷都这么多年了，也没什么特别的不舒服。现在有一点点分泌物也不用太担心，我想我们尽快要一个孩子，等你产后给孩子哺乳，这个问题自然会得到解决的。"菲菲听了丈夫的话觉得非常感动，同时也觉得他说的非常有道理，于是决定和丈夫尽快生一个宝宝。

但是上天偏偏不帮忙，菲菲和丈夫的"造人"计划并没有在短时间内得到实现。反而有一天，菲菲突然觉得自己左侧的乳房很痛，她下意识地用手去摸，这一摸让自己着实吓了一跳，在左乳靠近乳晕部摸到一个橄榄大小的肿块，并且非常硬，表面还有点凹凸不平。她赶紧照镜子查看，当看到镜子中自己左侧乳房的时候，菲菲不由自主地流下了担心的眼泪。只见自己左侧的乳晕部呈暗红色，并且左侧的乳房较右侧乳房肿大了不少，肿块部位的皮肤已经不像周围皮肤那样光滑白皙，而是有些像橘皮。此时菲菲联想到曾听人提起过，乳腺癌的肿块就是很硬的，并且表面的皮肤会变得像橘皮一样。想到这里，菲菲不敢再往下想了，赶紧

打电话给丈夫求助。丈夫接到她的电话先是稳定菲菲的情绪，安慰过后，赶紧向领导请假陪菲菲上医院看病。

某大医院的乳腺科诊室，医生检查后问："生过孩子没有？"

菲菲着急地回答："还没哪，本来是打算要孩子，但还没怀上，乳房先有问题了！这到底是怎么回事啊？"

"那有没有发烧呢？"医生顾不上回答先前的问题，再次问道。

"也没有啊！"菲菲略有急躁地回答道。

"没生过孩子呢，首先就排除了患急性乳腺炎的可能。按你这个年龄来看，乳腺癌的可能性也不是很大。我刚才挤压了你的乳头，有点分泌物，虽然你没有发烧，但我看还是感染的可能性比较大。这样吧，抗感染的治疗是肯定需要的，我先给你开些抗生素打点滴。要是好了也就没事了，要是还没好呢可能就要切开治疗。"医生给出了诊断以及治疗方案。

经过3天的抗感染治疗，她左乳的肿块的确有缩小的迹象，并且不怎么痛了，颜色也逐渐趋于正常。即使这样，菲菲还是有所顾虑，她想应该再次到医院进行复诊，确认一下病情为妥。

菲菲来到上次就诊的某医院乳腺科进行复诊，经过医生详细的检查，确认了她的病情有所好转，证明抗感染治疗是有效的。于是又开了几天口服抗生素，继续巩固疗效。

刀刀痛彻心扉

几个月后的一天，气候突然转凉，菲菲由于穿得过少，感冒了。由于感冒带来的连锁反应，菲菲的左乳肿块再次出现，依然是原来的位置，依然像上次那样疼痛、红肿，并且肿块的大小有增无减。这可把菲菲吓坏了。究竟是上次的病情没有完全治愈呢，还是又有了新的情况。着急的她在丈夫的陪同下再次来到之前就诊的乳腺科。

“医生，才几个月的时间，我的左侧乳晕处又出现肿块了，情况比上次更严重，这到底是怎么回事啊?”菲菲着急地问医生。

医生再次替菲菲检查乳房，左侧乳晕部的肿块的确比前一次更大了一些，而且颜色依然通红，挤压乳头也仍然有分泌物。

“看样子你是感染化脓了，光用抗生素是不行了，要切开排脓才行”。医生检查后提出了新的治疗方案。

“那就是说要为我开刀啊?”菲菲听到“切开”二字，不由得紧张起来。

“这也不是传统意义上的开刀，就是划开一个小口子，把里面的脓性物质排出来就行了，经过一段时间的换药，伤口自然会愈合的”。医生边写着病历边向菲菲解释。

“那还像上次一样打点滴治疗不行吗？一定要切开吗，医生?”菲菲的丈夫听到要切开也非常焦急。

“像你爱人这种情况光保守治疗是不行的，肯定需要切开才能彻底治疗。还是尽快切开吧，不要耽误病情了”。医生再次强调切开的重要性。

整个切开治疗过程非常顺利，花了不到 10 分钟就完成了。但对菲菲来说，这 10 分钟过得无比漫长。

菲菲按照医生说的到医院换药，但是伤口的愈合情况不尽如人意。1 个月过去了，菲菲的伤口才完全愈合，但是她的左乳晕处留下了一道淡淡的瘢痕。这使得她的乳房不再那么完美，虽然穿上外衣后看不出与之前有什么区别，但菲菲的心里从此留下了小小的疙瘩。

然而，上天似乎对菲菲有些不公。没几个月的时间，她的伤

疤处再次开始疼痛,并且摸起来又有肿块的样子。这使菲菲感到异常紧张,并随之变得焦虑起来,动不动就对丈夫发脾气:“怎么会这样的?上次连刀都开过了,明明不是好了吗?怎么没几个月又出来了?”

没想到,去医院就诊的结果与上次如出一辙,医生还是给出了要切开的治疗方案。这次菲菲与丈夫觉得有点不能接受。

丈夫着急地问道:“医生,是不是需要做什么检查,确诊一下到底是什么病啊?不然每次都说是感染,就要切开,那我爱人怎么受得了啊!”

医生不紧不慢地解释道:“她是感染没错,也算是乳腺炎的一种。但不是普通的乳腺炎,光用抗生素保守治疗是不行的。化脓了就自然要切开,否则里面的分泌物又不会自己吸收,一定要排出来才能解决问题。你们要求做检查也可以,但意义不大,最终的治疗方案还是一样的”。

菲菲和丈夫再次无奈地接受了医生的安排,想着自己的乳房又要挨上一刀,菲菲就有说不出的痛苦,并且带给她心理上的痛苦远远超越了生理上的痛苦。

就这样,菲菲的左乳房上又留下了第二道瘢痕。这样的打击,对一个女人来说是致命的,尤其像菲菲这样年轻美貌的女人。

尝试中医疗法

菲菲的脾气开始变得暴躁,一有什么不如意的事情就对着丈夫发脾气。丈夫倒是非常理解菲菲的痛苦,不但忍受她的坏脾气,还尽力安慰她。除此之外,又建议说:“不如我们上网查查,现在网络上信息量很大的,说不定能查到一些实用的信息”。

根据菲菲的症状和体征,丈夫用心地在网上搜索相关信息。经过一番查询,丈夫似乎发现些什么问题,对菲菲说道:“从网上查到的信息来看,符合你这症状的病有好几种,可前两次医生都没给你做什么进一步检查就切开了,伤口愈合的情况又不好,病情这样反复总不是办法啊。我看网上介绍说中医在这方面也蛮有特色的,不如我们去试试看中医如何”。

某三甲医院的中医外科诊室中,菲菲向坐诊医生诉说了自己之前的就医经历。

经过检查,医生说道:“根据你叙述的病史,再结合我刚才的检查来看,你患浆细胞性乳腺炎的可能性比较大。穿刺细胞学检查可以明确诊断,我建议你做一下,你看如何?”

菲菲听到可以明确诊断,马上同意了医生的建议。但同时又问道:“浆细胞性乳腺炎是个什么病啊,医生?好像从来没有听说过!”

“其实浆细胞性乳腺炎不是细菌感染所致,而是乳腺导管内的脂肪性物质堆积、外溢,引起导管周围的化学性刺激和免疫性反应,导致大量浆细胞浸润,表现为红、肿、热、痛的炎症反应,所以称为浆细胞性乳腺炎,也可以算是乳腺炎的一种。这个病的患者多数有先天性的乳头凹陷,而且患病的初期就是以溢乳为表现,一旦发展成肿块以后就容易反复发作,比较难治”。

菲菲听了医生的解释,又对照自己的病情,发现医生刚刚说的这些特点,自己大多数都是符合的。因此,她刚才即使听到“穿刺”二字略有紧张,但还是坚定了要做的决心:“那我今天就做穿刺吧,医生”。

“行。但今天做的穿刺,结果也要三天才能出来。”医生又说明了一下情况。

“可以。那我现在该怎么治疗呢?”菲菲最关心的还是治疗问题。

“以你现在的情况来看,可能之前的切开不是很彻底,而且单纯的换药也很难使伤口愈合,现在切口又有感染的迹象。若是再耽误下去,很有可能发展成慢性乳管瘘”。医生继续给菲菲分析道:“我先给你以内治为主来控制炎症(即口服中药),待穿刺结果出来明确诊断,炎症也得到控制以后,就要以外治为主,进行病灶的彻底切除”。

3天后,菲菲的穿刺结果出来了,其中发现多种细胞混杂,浆细胞较多见,同时还有其他炎性细胞。

医生看过报告后,对菲菲说道:“根据你的病史,再结合检查的结果,应该可以明确诊断为浆细胞性乳腺炎。以你现在的这个病情阶段,我建议住院治疗。一方面便于观察病情的变化,选定最合适的手术时间;另一方面,便于术后伤口换药,有利于伤口愈合。”

但菲菲有一个问题困扰着她:“医生,动手术的话会不会影响到我乳房的外观啊?我已经有两道伤疤了,我还年轻呢!”

医生笑笑回答道:“这个你放心,我们会采取多种方法来清除病灶,术后的不同阶段还会选用相应的外治法。其实术后每天的细心处理才是对手术结果最有力的保证,这样可以最大限度地减轻对你乳房外形的损伤”。

经过为期1个月的住院治疗,菲菲的病情好转得很快,医生不时地根据她的病情调整治疗方案,并且采用中西医结合、内外兼顾的治疗方法,使得菲菲很快就出院了。出院前,医生还给了菲菲一张健康宣教单,嘱咐她平时要经常保持乳头的清洁,及时清除分泌物;同时也要保持心情舒畅,饮食清谈,忌食辛辣之物。这次的治疗效果让菲菲十分满意,她对今后的生活又充满了信心。

浆细胞性乳腺炎又叫乳腺导管扩张症，中医叫粉刺性乳痈，俗称“导管炎”，简称“浆乳”。多见于青春期后任何年龄的女性，年轻妇女多，未婚的也不少。且多在非哺乳期、非妊娠期发病，大多数病人有先天性乳头全部凹陷或呈线状部分凹陷。也有一部分患者是绝经后女性，由于卵巢功能减退，乳腺导管退行性改变而致病。

1. 病因

该病确切的病因目前尚不能明确，但通常认为一般有以下几点：一是与乳头发育不良有关，像乳头内翻、乳头分裂等。内翻的乳头成为藏污纳垢的地方，常有粉刺样东西，有时还会有异味。乳头先天畸形、凹陷也必然造成乳腺导管的扭曲、变形。二是既往乳腺炎使该区域乳腺导管因炎性增生，致乳腺导管内腔狭窄闭塞。以上两个原因都很容易使乳腺导管堵塞，导管内容物为脂性物质，侵蚀管壁造成外溢，引起炎症，大量淋巴细胞、浆细胞反应，形成小的炎性包块。三是中老年女性因卵巢功能减退，乳腺导管呈退行性改变、松弛，分泌物积聚而致病。

中医认为，素有乳头凹陷畸形，加之情志抑郁不畅，肝郁气滞，营气不从，经络阻滞，气血淤滞，聚结成块，蒸酿腐肉而成脓肿，溃后成瘘；若气郁化火，迫血妄行，可致乳头溢血。

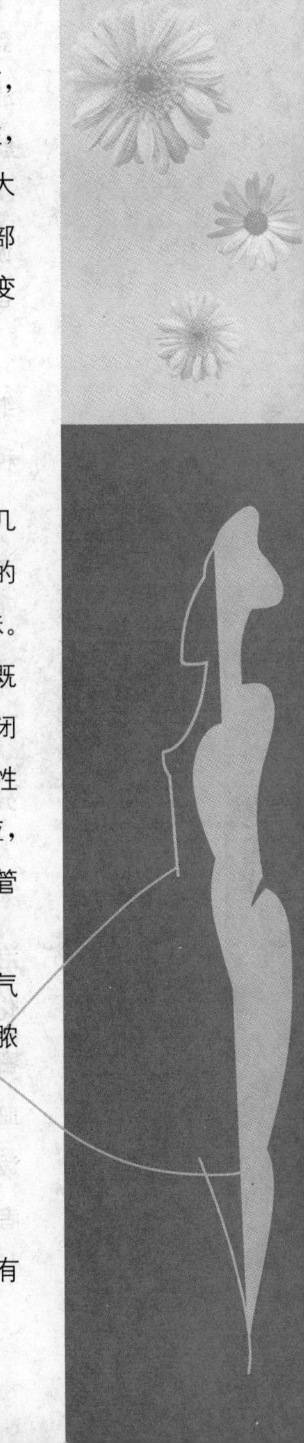

2. 临床特征

浆细胞性乳腺炎的疾病特点是通常起病突然，乳头凹陷，有

血性或奶油样溢液。结块的病灶多在乳晕部，局部红肿、疼痛，向某象限伸展。一般不发烧，过几天可以自行消退。当劳累、感冒等抵抗力低下时再次发作，但一次比一次加重，肿块逐渐变大、红肿，形状不规则，表面呈结节状，伴同侧腋下淋巴结肿大，乳房皮肤水肿或呈橘皮样改变。

后期病灶还可多处发生，可形成顽固脓肿及多个瘘管，甚至彼此相通，乳房千疮百孔。病情反复迁延，如果肿块离乳头较远，与皮肤发生粘连，就酷似乳腺癌。

该病易反复发作，破溃后形成的瘘管或慢性炎性肿块，可以继发细菌感染，长久不愈。病程可长达数月或数年。所以说是一种特殊的乳腺炎症。

浆细胞性乳腺炎可以通过拍摄乳腺 X 线钼靶片、做乳头溢液涂片或是乳腺肿块细针穿刺细胞学检查来明确诊断。

3. 治疗措施

治疗方面，中西医通常都根据该病不同发病阶段的表现进行分期治疗。

［西医方法］

(1) 乳头溢乳(隐匿期)的治疗：对乳头溢液者，可口服泼尼松治疗；如乳腺导管扩张并发慢性乳腺增生性疾病，可同时服用碘化钾或维生素 E，必要时也可口服他莫昔芬。在治疗过程中应严密观察乳头溢液症状，注意有无乳房其他疾病。特别要注意检查血性溢液的脱落细胞，是否查到癌细胞至关重要。如经反复应用泼尼松治疗半年仍未好转者或行乳腺导管造影有明显乳管扩张者，行乳腺导管切除术当属必要。

(2) 乳房肿块(急性期)的治疗：有明显红、肿、痛的急性期患者，可给予静脉用抗生素（主要为抗厌氧菌）治疗。但手术是最终有效的方法，根据不同部位和肿块大小可分别采用不同的手术方式。如乳腺导管切除术、肿块局部切除术、乳腺区段切除术等。

(3) 乳腺瘘管（慢性期）的治疗：脓肿形成者行脓肿切开引流，局部换药，待炎症控制后行病灶切除。

［中医方法］

乳头溢乳（隐匿期）和乳房肿块（急性期）一般中医以内治为主，中药外敷为辅。乳腺瘘管（慢性期）则当以手术、外治为主，中医药内治为辅。多种手术方法的配合使用是清除本病病灶的关键，术后不同阶段选用相适应的外治法（如拖线、冲洗、敷贴、药捻、垫棉、祛腐和生肌外用药等），每天细心处理是对手术的有力保证。其中乳头矫形法、拖线法的采用，大大减轻了乳房的外形损伤。内治方面术前及术后祛腐阶段，当以疏肝清热为主，术后祛腐新生阶段当以益气健脾、活血祛脂为主。中医治疗浆细胞性乳腺炎内外结合、各有侧重，能取得痊愈率高、乳房损伤小的良好疗效。

4. 与其他乳腺病的鉴别

浆细胞性乳腺炎的一些临床表现容易和许多乳房疾病混淆，诸如乳腺癌、急性乳腺炎、乳晕部痈疖、导管内乳头状瘤、乳房部漏管、乳房结核、乳腺增生病、乳腺纤维瘤等。因此，在诊断过程中须谨慎鉴别。急性期如果缺乏专业知识会误诊为一般的细菌性脓肿，认为简单切开引流、换几次药即可痊愈，这样可能会造成瘘管长久不愈。且多次的切开、破溃，瘢痕累累，会使乳头扭曲，乳房变形。如果单纯采用以乳头、乳晕为中心的梭形乳腺部分切除，或乳腺单纯切除，手术损伤大，而且造成术后乳房外形改变。

最可怕的是误诊为乳腺癌，做了根治术。

在平时的日常生活中，要经常保持乳头的清洁，及时地清除分泌物。同时，情绪的变化也会影响到疾病的转归，因此还要保持心情舒畅。饮食方面要尽量清谈，忌食辛辣之物。一旦发病，也无需焦虑紧张，应该保持乐观的心态，积极配合治疗。若是形成瘘管，则应及时手术治疗，以防止病情加重。

（肖夏懿　张　明）

五、痛苦中开花

——乳腺癌的防治

病起与手术

我生活在再平常不过的三口之家。平时无甚大事，家庭琐事不断。大概就是从我的青春叛逆期开始吧，父母不间断地因为教育问题和家庭内部矛盾纷争不断，三天一小吵，五天一大吵。考上大学后，我庆幸自己总算脱离苦海，也可不再听闻他俩的争执。

2003 年的 10 月初的一天，先是妈妈打来电话，征询她学医不精的女儿："妈妈乳房里有个肿块，不痛也不痒，但最近长大了，会是什么情况？要不要去医院检查一下？"当年西医诊断学早已授毕，内、外各大科目都已粉墨登场。听到"不痛不痒"、"长大了"的字眼儿，我顿时提高了警惕，敦促老妈快去检查。两天后的彩超结果高度怀疑"乳腺癌可能"，次日所行的乳腺钼靶摄片再次印证了

B超的结论。医生建议尽早手术治疗，于是妈妈接受了左侧乳腺癌改良根治术。

术后妈妈醒来的时候，已是晚上近9点。先是一阵沉默，眼神茫然地注视着天花板；接着便流泪，没有声音；最后成了啜泣。我是个倔强的孩子，不轻易在家人面前流泪。可那天，我真不知是怎么了，亲情——我前所未有地感受到了血浓于水的神秘力量。它来得悄无声息，又来得气势汹汹；我这个从来不容易流露感情的孩子就那么简单地被驯服了……

还好，意志让我强忍住快要掉下来的眼泪，红着眼睛，稳了稳情绪。在病榻前，我应该是妈妈的"小棉袄"，不能和她一起软弱。

老爸也在妈身边，从未有过的温柔，细声安慰老妈。我从未感觉到气氛可以如此的柔和，原来一家人也可以这样说话。我更未想到的是：这只是老妈病后全家的第一个改变。

认识恶魔

术中及术后的病理检查证明妈妈得的是乳癌中最多见的"浸润性导管癌"。淋巴结清扫显示中央组及锁骨下淋巴结反应性增生，外侧淋巴结见癌转移。几项激素受体及细胞因子检查结果显示：ER(+)，PR(+)，PCNA(++)，*p53*(+)，*p27*(+)，*c-erbB-*2(+)。

1. 乳腺癌的相关发病因素

术后，我也在反思着老妈为什么得这个病，万事总有缘由。

乳腺癌多发生在45～50岁的女性，主要是因为这一时期体内激素水平发生变化。老妈时年49岁，正是处于这样的阶段。膳食结构不合理、环境污染、体育锻炼少等，也是导致乳腺癌发生的影响因素。

据说乳腺疾病的发生还与职业有一定关系。统计提示，乳腺疾病的发病率高低与工作的压力、生活节奏及文化水平相关。普查中，教师的乳腺疾病发病率明显高于金融行业人员、公务员、工人、医务人员等。老妈身为会计，常年与“钱”打交道，工作压力大，长期的紧张状态导致内分泌失调。

根据我所学的中医理论，乳房属肝络胃，肝者五行属木，主疏泄，性喜条达；肝气郁滞，则气血运行不畅，易使乳房患病。从这一点上来讲，老妈性格内向，又常因琐事心中不快，时不时还要和我爸争锋相对，确实情志有失舒畅，有得情志病的基础。至于月经初潮年龄早、绝经晚、不孕及初次足月产的年龄晚，这些疾病高发的致病因素，老妈好像并不具备。我们家一级亲属中也无乳腺癌患者，倒可暂时排除遗传因素。营养过剩、肥胖、脂肪饮食等不利因素，对于形体偏瘦的老妈来说，好像也对不上号。我思来想去，还是觉得情志不舒和激素水平改变、内分泌失调在妈妈这例乳腺癌病例发病上不可忽视。

对于内分泌激素失调，比较经典的学说是雌、孕激素失衡理论。表现为黄体期孕激素分泌减少，雌激素的量相对增多，使雌激素长期刺激乳腺组织，孕激素的节制与保护相对缺乏，最终导致乳腺导管或小叶增生过度而复旧不全。这也是乳腺癌中激素受体阳性者肿块生长的基础之一。老妈的两项激素受体弱阳性也提示了这点。

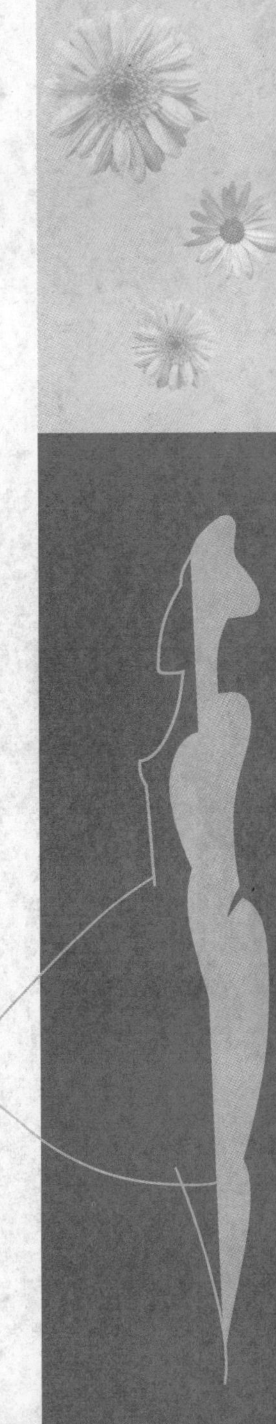

2. 乳腺癌的临床特征

乳房的良性肿瘤、结节也很多见，譬如乳腺增生、纤维瘤等等。一般增生性肿块常见单侧或双侧乳房疼痛，乳痛及肿块常与月经周期及情绪变化密切相关。乳房肿块的大小不等，形态也不一，边界亦不十分清楚，质地不硬，推之可活动。

乳腺癌的肿块自有其特点，教科书上罗列了很多。

(1) 肿块：多为一侧单个无痛性肿块，也有少数患者为多个或双侧。肿块多边界不清，表面有结节感，质地较硬，与周围组织的相对活动较差。但如果肿块较小，这些特征常不典型，可类似于良性肿块。

(2) 局限性腺体增厚：是早期乳腺癌的重要体征。病变多为在外上象限触及边界不清的局限性增厚腺体，表面呈颗粒状，质地较一般的增生性腺体硬。一般没有明显疼痛，大小也不随月经周期变化。

(3) 乳头溢液：也是早期乳腺癌的另一重要体征。绝大多数为血性或浆液血性，无肿块者多是一侧单孔溢液，量可多可少。

(4) 乳头内陷、偏斜、固定。

(5) 乳头糜烂，是乳头湿疹样癌的典型表现。

(6) 皮肤改变

1) 皮肤粘连：癌瘤侵犯乳腺韧带牵拉皮肤所致，小的可形成"酒窝征"。

2) 皮肤水肿：癌瘤侵犯或癌栓堵塞淋巴管致皮下淋巴管回流受阻所致，称"橘皮样变"，为乳腺癌晚期表现。

3) 类炎症改变：多是炎性乳腺癌的特征性表现，也有的为癌瘤继发感染所致。虽乳房肿胀，局部大片皮肤发红、水肿，但疼痛和发热感却不明显。

4）皮肤破溃：肿瘤侵犯穿透皮肤所致，为晚期表现。

5）卫星结节：是癌细胞沿皮下淋巴管扩散所致。皮肤上见多个红色、突起的小结节，也是晚期表现。

(7）腋淋巴结肿大：腋窝可触及质地偏硬的肿大淋巴结，是癌细胞沿淋巴道转移所致。

看完这些，再对比了一下老妈口诉的情况，就肿块性质来讲，当然还是符合癌肿的情况的。但症状尚轻，还能安慰人心。

3. 乳腺癌的早期发现更重要

这次肿块的发现，还幸亏老妈及时、正确地自我检查，这对于潜伏期较长、早期缺乏全身和局部症状的乳腺癌来说，尤为重要。说到自我检查，并不是简单地抓捏自己的乳房组织，这样很容易误把正常的腺体组织当成病变的肿块。自我检查的最佳时间是月经来潮后第 9～11 天。因为此时雌激素对乳腺的影响最小，乳腺处于相对静止状态，容易发现病变。正确的手法是：取直立或仰卧两种姿势，将四指合并，从乳房外周开始，以圆圈状滑动触诊，逐渐向内移动，直至触到乳头处；或将乳房分为 4 个象限，在每一象限内，以合并的四指移动触诊。

当然，比起徒手套狼，现代化的检查工具更加令人信服。除了淋巴结或乳腺肿块活检这项金标准外，乳腺钼靶摄片仍是迄今为止最有效的乳腺癌早期检出方法，这在术前的确诊和手术准备中也是相当重要的。红外线检查、乳房彩超等检查方法，如今也普遍应用，但有各自的优缺点。譬如 B 超，为无损伤检查，可反复使用，但在鉴别肿块性质上有局限，主要用于鉴别肿块是囊性还是实质性。彩色多普勒检查及乳腺红外线可以了解血供情况。根据癌细胞代谢快慢、产热高低，我们也可通过乳房热图像中的异常热区来判断。

手术方式

从临床病理角度来讲，乳腺癌主要分为两大类，即非浸润性乳腺癌和浸润性乳腺癌，前者主要包括导管内癌和小叶原位癌，后者主要有浸润性导管癌、浸润性小叶癌和特殊型乳腺癌等等。目前临床上以浸润性导管癌最为多见，这是导管内癌细胞突破管壁基底膜向间质浸润的一种类型，约占乳腺癌的70%。病理检查结果直接影响到手术及治疗方案的制定，这对任何一门肿瘤学科来讲都是项金标准。

手术切除也是浸润性导管癌的治疗常用方法，其中又以根治性手术为主，包含了癌巢及区域淋巴结的整块切除、胸大肌及胸小肌的清扫以及腋窝淋巴结的彻底扩清。毋庸置疑，这样大范围的手术势必带来同等大的创伤，患者消耗大，修复慢，恢复期也相对较长。

无形的创伤还同时来自心理，来自一个普通女人的尊严。这也许是我们健康人永远无法切身体会到的。虽然并不造成四肢、眼耳的残障，但是它让女人丧失了身体上最美丽的部分。就算一个心理再健康、再有弹性的人，对于这样一个巨大的、不可逆的变化还是有不可承受之痛的。况且生活是实实在在的，与丈夫患难而来，却不一定相携而老的事情真的有很多很多……

20世纪90年代兴起的保乳手术，目前国内的接受者还不足全部乳癌患者的10%，绝大多数是因为“保留乳房就会留下祸患”这样的恐惧心理。其实，对于肿瘤范围小于2厘米、距乳晕3厘米以上的临床Ⅰ期乳腺癌，完全可以行象限切除或局部扩大切除术及淋巴结清扫，并可进行乳房的再造手术。在作出正确的选择后，这样的结果让更多女性得以重建术后生活和复健信心，从心理角度配合了治疗。当然，保乳手术的实施也有一定的限制条件：第一，主张肿瘤要小于 4～5 厘米；第二，肿瘤应该是局限性的纤维钙化；第三，既然要保乳就要有一个好的美容效果，要求切除肿瘤对乳房的外形不会有很大的影响；第四，考虑到美容的效果，肿瘤在乳晕以外的区域；第五，不能有结缔组织疾病。

在母亲个人而言，不知是我常年在外、缺乏观察她机会的原因，还是她自己本就有执拗顽抗性格的缘故，我并不曾觉得老妈有过多自卑、悲观的心理出现。也许这种心态，她会埋得很深。有时她也经常因为内衣不再合身的问题和我开玩笑。此后我来上海，也经常替她转转“古今”内衣店，因为她和她的病友们都热衷于这家商铺的贴心服务。

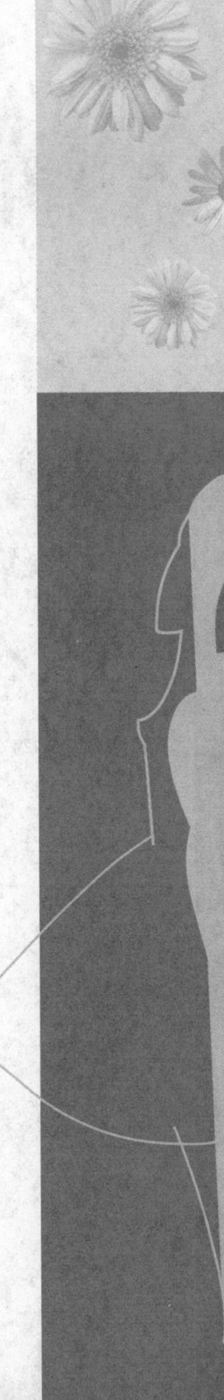

自从老妈病后，老爸白天上班，夜夜守护，还要开车来往于医院和家之间送汤送水，这份耐心和细致，用老妈的话来说，只有当年追求她的时候才可企及！有时候我也在反思我原来的立场。在以往他们发生争执的时候，我单凭一股正义，每次都站在弱势的老妈这边，还力劝老妈结束不幸福的婚姻。现在想起来，真是年轻浅薄。婚姻怎么会没有风浪？再和睦的家庭也有矛盾。或许那也是他们在多少年坎坷之后感情交流的方式，我们年轻人又怎能知？在风浪中，他们仍能相互体恤扶持，不离不弃，这才是真情所在。

数字

基因和细胞因子检测，对于当时我这个上大三的中医学生来讲，难度有点高。经过虚心学习和请教，我终于知道：雌激素受体

(ER)及孕激素受体(PR)均是与激素相关的蛋白,当激素与之结合后,通过一系列复杂的过程,刺激肿瘤生长繁殖。激素受体阳性者预示着患者将在术后接受内分泌治疗,并将对内分泌治疗有良好反应。*c*-*erbB*-2是一种原癌基因,从一定程度上提示患者预后:与阴性者比较,阳性患者的5年生存率要相对低一点。*p*53基因突变是乳腺癌发生和发展的重要原因之一。随着肿瘤的进展,*p*53蛋白表达阳性率明显升高,肿瘤组织分化更差。分化越差的肿瘤组织,恶性程度也越高。同样,在乳腺癌患者中,*p*53阳性表达率越高,可能预示癌肿具有越强的转移力,预后不佳。*p*27为抑癌基因,可作为一个独立的预后标志。*p*27低表达与恶性肿瘤分期晚、淋巴结转移、局部复发、远处转移相关,而高表达则预示生存期长,预后好。PCNA是肿瘤细胞增殖指标,阳性者提示肿瘤细胞增殖活跃,应尽早治疗。

上述指标又按性质有无、从弱到强分为5等。老妈的排列在弱阳性一类。如此看来,后继治疗有望,预后应该还是不错的。

改变

老妈逐渐从手术中恢复,同时,漫长的治疗也需要她更大的勇气和信心。根据老妈的病情,术后还要进行6次化疗和25次局部放疗。万里长征才刚刚起步! 头两次的化疗,用的是多柔比星(阿霉素)、恩丹西酮和长春瑞滨,为防止呕吐、纳差等化疗反应,还同时配用了昂丹司琼、氨基酸等止呕、营养的药物。尽管如此,老妈抵抗过了两轮化疗后,第三次还是出现了厌食、恶心、头晕、乏力等不适症状。我送去的香喷喷的补汤常常得不到优待。好在老妈意志力坚强,总能坚持一小碗饭菜。一段时间下来,和同病房的其他病友比起来,她的精神、体力、化验指标,总稍稍强过他人。

在逐步适应化疗的过程中,由于长期的静脉用药,老妈左前臂内侧的皮肤逐渐显现静脉炎的迹象,线状的红斑,皮肤疼痛,在外敷硫酸镁、还有偏方土豆片之后,自觉症状有了改善。但局部的硬块一直延续到了今天。庆幸的是,这些倒都没有影响生活。至于美观,这对于当时正和生命拔河的人来说,稍稍显得多余。

伴随着漫长的治疗过程,老妈执拗、计较的性格也在慢慢发生变化。她不再为了琐事和家人闹别扭,也不再有酸涩的话语。是因为大家的关心感动着她,抑或是她自己刻意在调整。老爸暴躁的脾气也在逐渐转变,平时鲜做家务的他开始涉足内务。

和母亲一起接受化疗的病友,逐渐地有闭经的迹象,老妈的"月信"却还是准时报到。老妈常为此事烦恼,在她看来,大家的反应应该一样才对。但后来咨询了大夫才知道,月经不来与许多因素相关。化疗通常会造成卵巢功能低下,雌激素分泌下降,子宫内膜的周期性生长、剥脱被阻断,故可造成闭经。而老妈的下丘脑-垂体-性腺轴的功能似乎很有点泰山压顶、屹立不倒的意思,除了显示点女性特征,还能延缓衰老。哈哈,倒也不错!所以,老妈的更年期症状还算轻微,直到2007年初,她才心满意足地和病友们一样走入绝经队伍。

功能锻炼

每天的爬墙运动仍在进行中,老妈间或会抱怨左侧的手臂有

点肿胀，我向她解释，是因为手术后同侧上肢的淋巴回流受阻导致的，她便不再多想什么。加上她逐渐肥硕起来的身材，称之为“心宽体胖”，真的一点都不为过。

乳腺癌手术带来的上肢功能障碍，主要源于腋窝淋巴结的清扫所导致的腋下至上臂内侧淋巴管的损伤。淋巴管的破坏引起淋巴引流不畅，造成上肢的淋巴水肿。而腋窝长期积液、轻度感染即会使残留淋巴管破坏加重，若反复不愈会造成锁骨下或腋静脉阻塞，导致重度水肿。

乳腺癌术后进行功能锻炼，其意义就在于，功能锻炼可以降低淋巴水肿的发生率，促进肩关节活动度的增加。

而功能锻炼的时间何时为佳呢？目前主张术后尽早进行患肢功能锻炼，持续时间应在 6 个月以上，特别是前 3 个月尤为重要。如在腋下切口处瘢痕组织尚未形成时进行锻炼，可以防止腋窝周围瘢痕挛缩、肌肉萎缩和关节强直，避免腋静脉回流受阻。同时，患肢的活动可促进血液循环，增加淋巴回流，也可减少水肿的发生，从而改善上肢的功能。相反，如果在瘢痕组织处于较稳定状态后再进行锻炼，其效果可能不理想。

具体锻炼方式，除了步行、慢跑、骑自行车等常规有氧运动以及穿衣、梳头、爬墙等日常生活活动以外，国内外医疗工作者还根据乳腺癌患者的特殊情况设计了一系列的康复操，通常都符合一定的原则：即术后 24 小时内限制肩关节活动，以防术后出血、皮下积液；术后第 1 天至腋下负压引流期间，以指、腕、肘关节的运动为主，避免大幅度的肩关节外展运动；术后第 8 天至术后 2 周，一般还处于住院期间，以肩关节的活动为主，以防止瘢痕粘连。

食疗

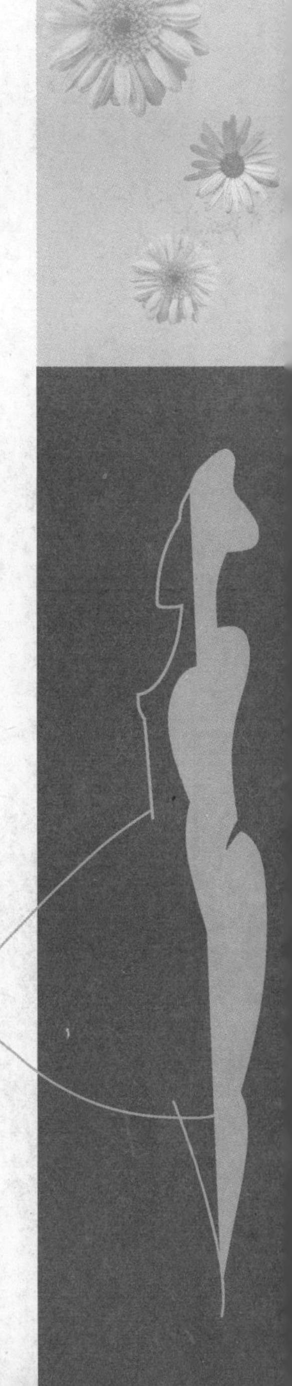

等到放疗、化疗结束，已到了来年4月份。春也暖，花早开，老妈的身体也逐渐复原。从第六次化疗开始，脱发已经停止，新发开始生长，所以到了4月份时，她已俨然有了假小子的模样！

针对她日益明显的“梨形”身材，连到手指、脚趾都被我戏称为“胖得很可爱”。我向老妈发出了警告：虽然绝经后雌激素的来源大大减少，但脂肪、肝脏、肌肉和乳腺组织内仍有雌激素分泌，所以一定要注意饮食结构，少吃油炸食品、动物脂肪、甜食及进补食品，多食蔬菜和水果，多吃粗粮。核桃、黑芝麻、黑木耳、蘑菇等都有一定抗癌作用，可适当食用。

老妈问为什么？我说，不是那些食物不好，而是脂肪饮食会改变内分泌环境，加强或延长雌激素对乳腺上皮细胞的刺激，增加患乳腺癌的危险性。此后我还举例说，为什么美国女性的乳腺癌发病率就比咱中国高很多呢？原因之一就是因为美国居民每人每日的脂肪摄入量是我们的2.5倍！她们的乳腺癌发病率是我们亚洲地区的4倍！所以中年以上的妇女，更应该控制脂肪的摄入。老妈听后愕然……“那什么肉都不吃，营养不是跟不上了吗？”我解释说：不是不准吃，是要少吃，科学地吃。譬如鱼肉，鱼类含有一种能够有效抑制癌细胞生长和增殖的不饱和脂肪酸，对预防乳腺癌是有益的。“那还有什么是抗癌、防癌的食物呢？”……我一下子也说不出几个来，查阅了互联网、专业书后，煞有介事地对老妈宣布：“第一，白菜可以抗乳腺癌，因为它含有一种化合物，能帮助分解雌激素。第二，豆制品含有异黄酮，也能有

效抑制乳腺癌的发生。第三，海带含有大量的碘，可以刺激黄体生成素分泌，降低雌激素水平，恢复卵巢的正常功能，纠正内分泌失调，消除乳腺增生的隐患。第四，红薯中含有抗癌物质去氢表雄酮，可以抑制乳腺癌的滋长。此外，玉米、大蒜、西红柿，食用菌类、海藻类、橘类和浆果类水果等也有类似作用。第五，富含纤维素的蔬菜，可以影响食物经过消化道的时间，减少脂肪吸收，使激素水平下降，有利于乳腺增生疾病的恢复……”我眯细着眼，摇头摆尾地吟念着。看那一边，老妈正认真做着笔记。呵呵，我也成讲师了！

第二天开始，我们家厨房、餐桌上总少不了红薯、胡萝卜、黑木耳……我还建议老妈劳逸结合，不要因为这一病，彻底翻身让我爸当了“家奴”，要有运动，也要有劳动嘛。

此后，老妈开始每日定时买菜、烧饭、午休和散步……一个以母系氏族为特点的家庭又得以重建！吃着老妈烧的爽口饭菜，我倍感幸福：这不仅仅是我们家庭生活得以重建的体现，也不仅仅是母亲身体健康的标志，更重要的是，她在身、心两方面都稳健地迈向健康。

此后，在我读研期间，在追随导师张明和她的恩师陆德铭教授学习的过程中，我又得以认识到许多乳腺癌术后病人的养护忌宜。老百姓常常推崇的甲鱼、黄鳝、鸡等滋补品，往往是乳腺癌患者的禁忌，因为这些动物在饲养过程中，往往食用添加激素的饲料，不利于乳腺癌术后患者的康复。咖啡、可可、巧克力，这类食物中含有大量的黄嘌呤，会促使乳腺增生，乳腺癌患者也应避免。此外，含雌激素类的保健品、健美隆乳的丰乳保健品以及更年期和爱美妇女长期过量使用维生素 E，也可破坏女性本来的内分泌平衡。

回暖

又是一年春来到。老妈的内分泌治疗仍在持续中。

老妈术后服用的内分泌药物是他莫昔芬。长期的内服治疗，老妈时常抱怨潮热、牙齿痛、关节不舒服。做了B超检查后还显示“子宫内膜增厚”。这些都是雌激素依赖性疾病。是由于服用他莫昔芬后，雌激素被拮抗，钙的离子化受阻，故会出现骨质疏松、子宫内膜增生、子宫纤维瘤等。之后老妈停服了一阵他莫昔芬，停药后不久，上面那些症状也减轻了。

从老妈术后到现在，短短几年，内分泌治疗药物的发展也今非昔比。但是，什么是内分泌治疗呢？所谓乳腺癌的内分泌治疗，也叫激素疗法，是用激素类药物来阻断体内雌激素的作用，从而治疗肿瘤，防止复发。总结下来，内分泌治疗药物主要有以下几类。

(1) 抗雌激素类药物：其代表性药物是他莫昔芬。数年前已通过美国FDA认证而成为绝经前或绝经后ER受体阳性乳腺癌患者的首选内分泌治疗药物。目前在乳腺癌内分泌治疗中应用最广泛，并且疗效确切。受体阳性、绝经前乳腺癌患者在辅助化疗后再用他莫昔芬5年仍是标准的治疗手段。他莫昔芬的副作用较轻，主要有潮红、皮肤瘙痒、肌肉关节酸痛、乏力等，少数有高钙血症，3%患者有诱发静脉血栓的危险。长期服用他莫昔芬的患者，每年至少进行1～2次子宫B超或子宫内膜活检，以便及时发现子宫内膜肿瘤。

同类药物有托瑞米芬，为一种新型抗雌激素药物。适用于绝经后乳腺癌患者的内分泌治疗。与他莫昔芬相比，托瑞米芬对子

宫内膜增生影响较小，无致癌作用。

(2) 孕激素类药物：以甲羟孕酮和甲地孕酮使用最为广泛，一般作为他莫昔芬治疗失败后的二线治疗药物，用于复发或转移性乳腺癌的内分泌治疗。对软组织和骨转移患者效果较好。副作用主要有过敏反应、肥胖、乳腺胀痛、阴道出血及分泌物增多等。

(3) 芳香化酶抑制剂：芳香化酶抑制剂可阻断雌激素的合成，从而达到控制乳腺癌细胞生长、治疗肿瘤的目的。尽管绝经前和绝经后的乳腺癌患者均可采用他莫昔芬作为内分泌治疗，但只有绝经后的乳腺癌患者才能够使用芳香化酶抑制剂。

第三代芳香化酶抑制剂包括来曲唑、阿那曲唑和依西美坦。

虽然目前他莫昔芬5年治疗仍然是激素受体阳性乳腺癌患者长期辅助内分泌治疗的金标准，然而近期几项大规模实验报告认为，在5年的治疗中，绝经后乳腺癌患者换用第三代芳香化酶抑制剂治疗2～3年有更好的临床益处。第三代芳香化酶抑制剂的副作用最普遍的是绝经期症状，即潮红、阴道干燥、骨骼肌疼痛，而对子宫内膜的影响较小。长期应用第三代芳香化酶抑制剂，雌激素作用减少，可能导致骨质疏松及骨折的发生。但依西美坦对骨代谢无明显的影响。

中医

根据辨证，中医认为乳腺疾病多因肝气郁结，痰凝血瘀，气血淤滞。各大医家在乳腺疾病治疗中也频频使用疏肝解郁、理气活血、通络化痰之品，如柴胡、青皮、郁金、川芎、牡蛎等，并收效甚好。故中医常以血行气畅、络通经调来衡量乳房健康。

在乳腺癌的放化疗过程中，在肿瘤细胞遭到杀伤的同时，治疗也往往对正常细胞产生毒害作用，表现出种种毒性反应，如白细胞减少、恶心、呕吐、厌食、疲乏、口腔溃疡、心悸、肝功能损害、放射性肺炎、放射性皮炎等。中医认为这是放化疗损伤人体气血、津液，伤及人体五脏六腑功能所致。长期的临床实践和经验表明，补肾填精的中药可升高血中白细胞；和胃降逆中药可减轻恶心、呕吐症状；养阴生津中药可缓解口干咽痒、口腔溃疡之症，还可用于治疗放射性肺炎。又如内分泌治疗所导致的月经紊乱、闭经、潮热汗出等内分泌失调表现，中医认为这是冲任失调所致，应用调摄冲任法如二仙汤等治疗，可明显改善症状。

乳腺癌术后的放化疗配合中药治疗，可起到协同和增强放化疗作用。如使用活血化瘀药三棱、莪术、水蛭等，一方面提高了患者机体对放疗的敏感性，另一方面还起到了预防肺纤维化的作用。

此外，乳腺癌经过手术、放疗、化疗等治疗后，邪气消减，但仍有极少癌毒蛰伏体内，蓄留而不去。而机体常因手术等因素而元气大伤，正不抑邪，往往可致余薪复燃。而中医药治疗的介入，通过扶正祛邪，标本兼治，全方位调节机体功能，提高免疫力，杀伤体内残留的癌细胞，有效地防止或阻断了癌肿的转移和复发。

秉承着如此之多的优势，中医药治疗势在必行。但中药虽历经成药、颗粒剂等多个更新过程，与西药相比，还多少有服用不便的缺点。煎煮中药，就是个长久的煎熬耐心的过程。

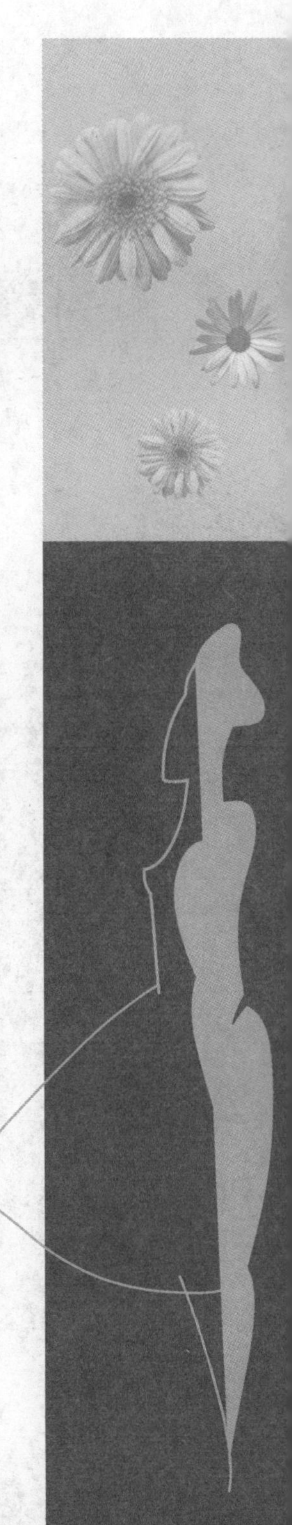

一波三折

眼看着5年的危险期就要过去，2007年夏，老妈又被通知，子宫肌瘤大于5厘米，手术！老妈放松了多年的神经又一下子紧张起来。我也明白：一朝被蛇咬，十年怕井绳。肿瘤患者再潇洒乐观，终归还是畏惧复发的。一有风吹草动，譬如腰腿痛、消瘦、良性肿块之类的，就会引发她们的彻夜难眠。

好在这一次的住院，任何环节都没有悬念，病理检查显示是“子宫肌腺症”。

在后来的工作中，常碰到患者“未雨绸缪”地想在无病无灾的状况下切除子宫，以防肿瘤复发。这种想法其实是乳腺癌中的“去势疗法”。所谓去势疗法，也叫“人工去势”。目前临床上首选双侧卵巢切除术。去势疗法的机理是：乳腺癌细胞的生长与雌激素的不断刺激有关，卵巢是绝经前妇女产生雌激素的主要器官，切除卵巢可降低或阻断女性激素对肿瘤的作用，从而使肿瘤消退。但切除双侧卵巢主要适用于绝经前晚期乳腺癌患者。

别样关怀

常年在医院呆着，碰到乳腺疾病患者不算稀奇。但近年来的趋势是，乳腺增生长年不衰，乳腺恶性肿瘤日趋猖獗，患者年龄也越来越年轻化，有的甚至是刚入大学的女生。漫天盖地的粉红丝带活动，终于唤起了女性的关注。关于乳房健康问题，在此提出

以下建议。

第一，年轻的女性应该保持一种健康的生活方式，包括健康的饮食、乐观的精神、人工哺乳等等。健康的生活方式对预防乳腺癌是非常重要的。

第二，做定期的健康检查。健康检查包括自我乳房检查、医院的检查，包括医生的体检和相关的辅助检查，比如乳腺钼靶摄片、B超的检查。这对乳腺癌的预防和早期发现、早期治疗都是非常有帮助的。

第三，树立正确的健康观念和防治观念。乳腺增生是女性乳房正常的生理改变，跟癌症一般没有必然的关系，无须草木皆兵。但是某些比较特殊的情况，比如乳腺囊性增生症可能跟乳腺的癌变有一定的关系，应加强随访。

第四，掌握一定的乳房自我检查的方法。尤其建议40岁以上女性在医生指导下学会乳房自检，每年做一次乳腺钼靶摄片检查。

第五，避免不必要的放射线接触。

第六，坚持体育锻炼，增强机体免疫力。可根据个体的年龄和身体情况，选择适合自己的运动方式。

第七，一旦发现恶性乳房疾病，及时、正确、综合治疗，树立战胜疾病的信心。

希望

如今，你经常可以在我家的小区里看到我爸我妈恩爱散步的情景。有时我耍赖不跟他们去，其实是偷偷跟在他们身后，品味他们终于和谐起来的身影。

是岁月冲刷的功劳？呵呵……也许。时光磨炼人心，让人经受挫折苦难；在受尽人们的泪水和心疼之后，再在天边洒下柔美光辉，奇异的恩典照耀你我……

（吴文静　张　明）

六、乳房外衣

——乳房湿疹和乳房皮肤癌的防治

乳房——女性身体上最美丽的一部分，是女性的最重要器官之一，却也是女性高发疾病的“聚居地”。然而许多女性朋友往往只注重乳房的大小、形态是否合乎审美要求，对于最表面的乳房皮肤却有失照顾。其实，乳房位于体表，低头就能见到，伸手就能摸到，只要经常关心乳房，就能及时发现乳房皮肤上的“蛛丝马迹”，这为保证乳房美丽霸主的地位提供了得天独厚的有利条件。可以说乳房皮肤是乳房健康的“晴雨表”。下面，我们仅举几个例子，来说明乳房皮肤健康的重要性。

故事一

今天去逛街，见到满街的《＊＊健康》，铺天盖地的粉红丝带，

看着女明星在封面上恬淡温柔的笑容，我不禁在心底感叹了一下，这观念要是说转变，也真是快，如果放在20世纪80年代我还是个小小孩的时候，估计没人会在大街上宣传乳房健康吧！

我禁不住想到了我的好朋友红，按现在时髦的说法，我们是骨灰级的“闺蜜”。半年前，红的乳房也遭遇了一次不大不小的“事故”。想到当时红的困窘恐惧，以及我的焦虑担忧，我忍不住又笑了出来，引来路人的一阵侧目。

时间要追溯到半年之前的一个周末，那天我们照旧逛街血拼，可红却少了点精气神，蔫蔫的，一副心不在焉的样子。我往东她往西，全没了以往的默契。最后在我的极度抗议下，我们来到一家茶餐厅小坐，红还是那副样子。我真是生气了，好好一个周末，全被她搅和了。

“哎，不想出来玩早说啊，你看看你现在，成什么样子？”

“……那个，明天，陪我去趟医院成吗？”

啊？！我当时怎么也想象不到她会突然冒出这么一句话来。“病了！哪病了？我怎么没看出来？”

红身体好着呢，平时连个感冒什么的都很少得。没想到我这句话一说完，红不说话，脸却慢慢红了，好半天才小声说：

“那个，胸部……”

“啊？不会是心脏病吧？”满是调侃的语气，想想我当时真是后知后觉，笨得可以。

“哎呀，少开玩笑了，早知道你这样我才不和你说呢！”

我看着红一副着急上火的样子，估计问题有点严重，立刻低声下气地赔着笑脸，“那，您说……”

“是这么一回事，这周二我觉得乳头周围很痒，起初也没在意，以为是清洁做得不好，洗澡的时候又仔细地清洁了一把，香皂啊沐浴露啊用了一大堆，可是……之后更痒了”。红的声音越来越小，我都恨不得把耳朵凑到她嘴巴旁边。

“我忍不住只好不停地抓，可是抓了之后又觉得痛。第二天还有黏黏黄黄的液体从那里溢出来，乳头和乳晕上都有红斑，有的地方还结了痂。我没敢和家里人讲，害怕，也说不出口”。

我看着红眼泪都快流下来了，也一下子紧张起来。要说红，平时爱说爱笑爱漂亮，整个一傻大姐的性格，天塌下来她还觉得有高个子顶着呢，从来没见她这样过。而且毛病生在乳房上，估计让爱美的她更加接受不了。

“别怕别怕，咱们明天就去看医生。今天不逛了，你说你想吃什么，我请客”。我不停地安慰红。

有了情感上的支持，红貌似好了些。

“我要吃火锅，我还要来瓶冰镇的百威！”

那顿饭上，两个人都刻意没有再提她的乳房。红似乎恢复了原状，十分豪爽地喝着冰镇的百威。我一直没搞清楚那东西有什么好喝，只好用冰镇酸梅汤来陪她。红开始给我讲她们单位里并不好笑的笑话，自己笑得鼻子眼睛都挤到了一起，我也只好努力地咧着嘴陪着她一起笑。那顿饭，让我感觉气氛很诡异，依稀有些悲壮的味道……

晚上我躺在床上，想着红的乳房久久不能成眠。好不容易朦朦胧胧地睡着，却被手机铃声吵醒，看看时间，凌晨2点，来电人显示是红。我迷糊着接通电话，没好气地说：“怎么了，你？”

结果我听到了红压抑的哭泣声，吓得我一下子就醒了。

“今天晚上洗澡的时候，我觉得乳房的毛病比前两天更严重了，又痒又痛”。红断断续续地和我说：“周围的皮肤都快烂掉了，以后还怎么嫁人啊！”

我心里咯噔一下，“不会的，不会的”，我连声回答她。可说真的，她这么一提，我还真有些担心了，心里也毛毛的。好不容易安

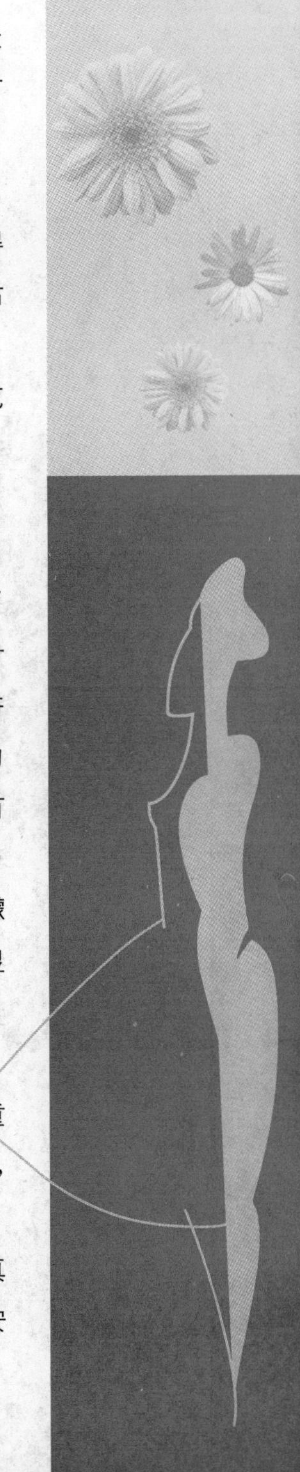

抚着红继续睡觉，我却睡不着了，形形色色的报道强行挤进我的大脑。第二天，我只好顶着两只“熊猫眼”陪红一起去看医生。

医生听了红的叙述之后，又为她仔细地检查了一下，冲我们笑笑：“应该是乳房湿疹，不是什么大病，开几支药膏给你，回去涂涂，很快就会好的”。

“真的呀?”红兴奋地瞪大了眼睛，早晨见到她时的阴霾一扫而空。

“真的”。医生耐心地点点头，“不过我还是要提醒你，第一，不要搔抓，第二，清洗乳房的时候尽量不要用香皂一类容易碱化乳房皮肤的清洁物品。另外，买内衣的时候尽量选择棉质的。还有，你说昨天吃了火锅，记得，得了乳房湿疹，一定要避免这类刺激性的食品，以免病情反复发作或者加重病情”。

红听了医生的话，脸上红一阵白一阵，后来她偷偷告诉我，那些不该犯不能犯的注意事项她差不多都犯了个遍。洗澡时喜欢用很多香皂。内衣嘛，追求漂亮，很多都是化纤的面料。至于火锅的事情，我们都很抱歉，平时脸上冒颗痘痘都吵着要清淡饮食的我们，估计是脑筋一起短路了。

之后的红，很快痊愈了，并且因为保养得当，病情没有再发过。可每次一想到红当时紧张兮兮的样子，我仍忍不住调侃她几句。今天，再次因为杂志上的粉红丝带勾起了回忆之后，我坏坏地打电话给红：“亲爱的，要不要出来买本《＊＊健康》啊，又是一年一度关爱女性健康的时候了。你一个过来人，多少作点贡献吧，哈哈……”

故事二

“请问我可以替我妈妈报个名吗?”小蓓问道。

“可以。不过我想先简单了解一下你母亲的情况。”

“我妈妈叫梅，今年51岁，8个月前被诊断为乳房湿疹样癌，半年前做了乳腺根治术。之后妈妈的身体和情绪就一直都不大好，我想这个俱乐部也许可以给她一些帮助。”

“我们这个俱乐部旨在帮助癌症病人对抗疾病，重拾对生活的信心。这样吧，下周二我们这里刚好有一个活动，你可以带你母亲过来看看。”

……

梅原本并不想来这里的，什么“癌友俱乐部”，她觉得不过是形式主义而已。只是耐不过女儿的软磨硬泡，只好跟着来到这里，梅的脸上写着大大的“不满”二字。

还没进门，梅就听见了一阵阵的大笑声，“这是那个癌友俱乐部吗?”还没容她细想，梅就看见了房间里围坐着一群男女老少，都在开怀大笑着。每个笑容都干净明朗，丝毫看不出一丝癌症的蛛丝马迹。

“小蓓，咱们是不是走错门了?”梅禁不住疑惑地询问女儿。

“老妈，没错，就是这里。”小蓓笑嘻嘻地答道，眼睛里带着一丝狡黠。

“梅女士，您好。”一个三十四五岁的女人走过来。梅看看她，白衬衫牛仔裤，一身的简洁，显得随意又亲切。“我叫阿秋，是这家俱乐部的创始人。前几天您的女儿曾经来我们这里咨询过。现在请您来我们的办公室，我会向您具体介绍一下我们的俱乐部，还有今天的活动。”阿秋说道。

梅仍旧带着一丝疑惑来到了阿秋的办公室。办公室里布置得很温馨，让梅一下子放松下来。

“通过小蓓的介绍，我已经大概了解了你们的情况。”阿秋为梅泡了杯茶，而梅忍不住在心里怪小蓓多事。

“我们这家俱乐部的成员基本上都是患了癌症的朋友们，我们的目的主要是通过组织一些活动，使大家有一个交流的平台，重新找回生活中的乐趣。”

“我觉得现在挺好的，不用交流什么。”梅有些生硬地说。

“我们平时的活动有很多种，包括座谈、讲座、书友会，以及一些踏青郊游活动”，阿秋好像没有听到梅的话，继续说道，“像今天，我们就请到了一位心理专家，为我们组织了一次大笑活动。我一直认为，我们的生活中需要更多的笑容。而我们的俱乐部也一直秉承着这个宗旨。不信您看我们的墙上。”

梅这才注意到，墙上果然贴了一道横幅：我们的一切取舍都从快乐出发。

“这是一位叫做伊壁鸠鲁的哲学家说过的，我一直很喜欢这句话。您看，房间里的那些朋友们，哪能看得出是患了癌症的人呢?”阿秋说道。

梅透过办公室的玻璃窗，又看到了那一张张的笑脸，忍不住问自己：我有多久没有这样开怀大笑过了呢!

梅的思绪又飘回了8个月前……

8个月前的一个傍晚，沐浴过后的梅觉得右侧乳房的乳头、乳晕部位有些瘙痒，最初她只是以为秋季皮肤容易干燥，并没有在意，自己搽了些润肤露也就抛在了脑后。可是两天之后瘙痒不减反增，梅忍不住只好不停地抓，甚至乳头、乳晕的部位开始溢液、结痂，皮肤也变得粗糙，并有暗红色的斑块。梅有些不知所措，来到家附近的医院看医生。医生开了几支乳膏给她，告诉她，可能是患了乳房湿疹，要她按时搽药，同时注意清淡饮食，不要穿着化纤的内衣，也不要使用过多的香皂清洗乳房，很快就可以痊愈。

梅想，那个时候自己听说只是乳房湿疹，是何等的轻松啊!只可惜那种轻松只持续了几周。用药的最初几天里似乎有效，梅也按照医生的吩咐，注意生活习惯，注意饮食，可病情还是越演越烈，甚至乳头上都出现了溃烂。反反复复至少2个月的时候，梅真的害怕了，约了妹妹来到上海市看乳腺病最有名气的医院就诊。梅记得当时医生的表情很严肃，检查完毕，在病历本上一边写着一边告诉梅："你的右侧乳头周围可以见到红色斑块，边界不是很清楚，有结痂、鳞屑、渗出以及糜烂，同时右侧乳房还可以触及肿块，同侧的腋窝淋巴结暂时未触及肿大。简单的乳房湿疹肯定不是，考虑到先前的治疗方法无效，有可能患的是乳房Peget病。"

梅很困难地重复着那个名词，疑惑地看着医生，期待着进一步的解释。那位医生没有做过多的说明，只是让梅先在乳房上做个皮肤活检，1周后等病理检查报告结果出来再说。梅满头的雾水，机械地点点头，心里空空的，像丢了魂一样。

接下来的等待对梅来说简直是一种折磨，时间似乎不曾向前流动过。好不容易熬到取报告的时候，梅在心中默默祈祷，可是"乳房湿疹样癌"几个字还是让梅的眼泪瞬间决了堤。

"乳房Peget病又叫乳房湿疹样癌，刚开始可能表现得和普通的湿疹一样。但是Peget病恶性程度很高，不容耽搁，需要立即手术，我建议你回去准备一下，抓紧时间去乳腺外科动手术……"医生的话似乎还在梅的耳边回荡，每一个字都像针尖扎在她的心头，美好的生活戛然而止。

梅痛苦地闭起眼睛。回忆，有时真是咬噬人心的东西。

被确定为乳房恶性肿瘤之后，外科医生建议梅立即行乳房根治术，右侧乳房将要全部被切除掉。手术醒来之后，刀口的疼痛和心中的悲伤让她整夜不能成眠。而之后进行的一系列放、化疗带来剧烈的反应，呕吐、脱发……梅觉得自己要被抽干了，曾经那个端庄而又神采奕奕的女人不见了。她好像变了一个人，变得苛刻挑剔，经常莫名其妙地发脾气，照顾她的丈夫、女儿经常因为她

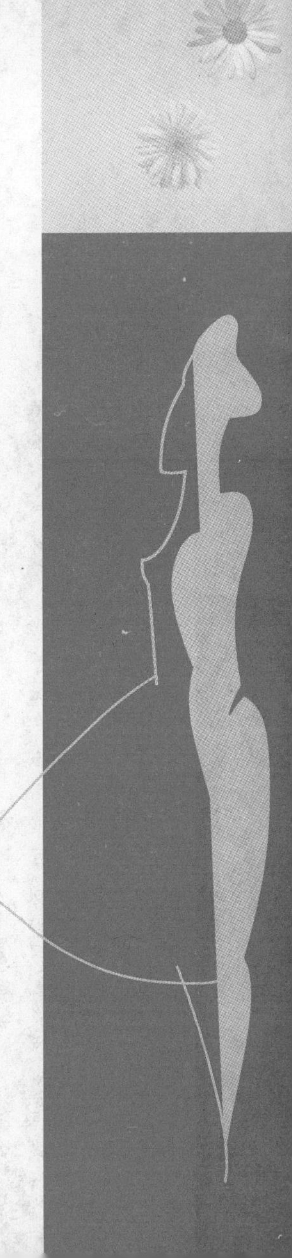

的不满而不知所措。好在家人理解她，由着她发脾气，由着她闹。

出院之后，梅变得喜怒无常，曾经喜爱交际的她变得少言寡语，不爱出门，她看得出，丈夫经常因为她的无理取闹一个人生闷气，她也知道自己不该伤害身边最亲的人，可只要一触及右胸的平坦和那条丑陋的瘢痕，梅心中就会充满着恐惧、烦躁不安。

"梅女士？梅女士？"

"老妈！"

梅听到阿秋和女儿的声音，这才意识到自己又沉浸在回忆中了。她迅速地擦了擦湿润的眼角，"对不起，我刚才有点走神。"

"梅女士，不知道您有没有兴趣参加我们今天的活动？"阿秋问。

梅看看窗外，不禁有些心动，只是脚步仍很迟疑。

"老妈，您就别那么矜持了，去玩玩也好啊！"小蓓看着妈妈的表情，就知道老妈已经心动了，只是不愿承认而已。

"唉，你看你这孩子，还真拗不过你……"梅很适时地下了个台阶。

阿秋于是拉着梅的手，来到了那一群病友之中。

"为大家介绍一位新朋友，这是梅，她也很想参加我们今天的活动。"

"你好啊！"

"欢迎你加入！"

"来，坐这里！"

"我们今天的活动很有意思呢！"

……

看着一张张真挚的笑脸，梅似乎也被感染了，脸上闪现着许久未见的光彩。

阿秋和小蓓悄悄地退到了一旁，小蓓看着跟着众人一起哈哈大笑的妈妈，也忍不住露出笑容。

3个月以后。

"嘿，老刘！你倒是快点啊！"梅大声地喊着。今天是"癌友俱乐部"组织的登山活动，梅冲在最前面，面色红润，脸上再看不到以往的阴霾，不知道的人根本看不出她曾经是乳腺癌患者。那个开朗爱笑的梅又回来了。梅从心底感谢女儿，感谢阿秋，感谢"癌友俱乐部"的一群好朋友。是他们，让她又重拾了对生活的热情。

梅站在山顶，诚挚地许下心愿：愿明天更好！愿快乐常伴！

1. 乳房湿疹的临床特征

乳房湿疹是一种常见过敏性皮肤病，可表现为乳头、乳晕周围出现棕红色的丘疹和红斑，表面可覆盖一层较薄的痂皮及鳞屑，常继发糜烂、渗液，有疼痛及瘙痒感，一般不伴有乳房肿块。常见于妇女哺乳期，双侧乳头、乳晕多同时受累，乳头基部常有皲裂，婴儿吸乳时疼痛剧烈，多呈急性或亚急性。停止哺乳，乳房湿疹很快好转是其特征。此外，未婚女子也可患乳房湿疹，临床表现为乳头和乳晕处瘙痒、糜烂、有渗出液和结痂，反复发作。迁延不愈后可导致乳头增大、皲裂，有时伴疼痛。

乳房(头)湿疹病因复杂，西医认为，多与变态反应有关。首先，患者多为过敏体质，常有过敏性疾病病史，对某些物质具有高度的敏感性，每当接触到过敏物质的时候，就会发生湿疹。导致乳房湿疹的致敏物质，可来自体内，也可来自体外。常见的外在因素有生活环境、气候的改变(严寒或酷热)、日光照射，患者皮肤

干燥、多汗、搔抓、摩擦，以及丝制品、各种动物皮毛、外用药物、某些肥皂、化妆品、染料及人造纤维所制的内衣等的刺激，均有可能诱发湿疹；常见的内在的因素有慢性消化系统疾病、内分泌功能紊乱等，寄生虫，某些食物如鱼、虾等，内服某些药物，另外失眠、精神紧张、劳累过度等诱因，均可诱发或加重乳房湿疹。

中医理论则认为，乳房湿疹是由于肝经湿热、风邪外袭肌肤的结果；或情志内伤，影响肝脾，肝郁胃热，相互交结，湿热内生，凝结肝络，经络不畅而乳房发病；或病久血虚，生风化燥，风燥郁结，肌肤失养而致；或内湿困脾、外湿侵肤所致。

在临床上，乳房湿疹按其症状可分为急性期、亚急性期和慢性期。

(1) 急性期乳房湿疹：乳房表面皮肤上出现大小不等密集的粟样丘疹、疱疹或小水疱，痒感，刮破后破损处出现点状渗出及糜烂，基底潮红，可见较多液体渗出，伴有结痂、脱屑。

(2) 亚急性乳房湿疹：是由急性湿疹延续而来。表现为皮面上小丘疹、脱屑、糜烂和结痂，并伴局部奇痒和灼热感，夜间尤甚。

(3) 慢性乳房湿疹：由急性、亚急性湿疹反复发作所致。乳头、乳晕皮肤增厚，变粗糙，乳头皲裂，皮肤表面有鳞屑，伴阵发性瘙痒，搔抓后伴有液体渗出。

2. 乳房湿疹的治疗

女性朋友，尤其是一些爱美的女性朋友若患了湿疹，看到乳房皮肤上的红斑、渗出、溢液，往往惊慌失措，同时伴有焦虑、抑郁等情绪。其实，乳房湿疹只要诊断明确，治疗上并不复杂，通常几周后即可痊愈。首先可在医生指导下选用局部治疗，对于急性期有渗出的患者，可用2%～4%硼酸液冷敷、炉甘石洗剂外擦，20～

30 分钟后外用 30%氧化锌油，或用中药青黛散外撒、马齿苋 60 g 冷敷等。无明显渗出时，可改用软膏类外涂，如氯地霜、倍氯美松软膏、肤乐乳膏、曲安西龙（去炎松）软膏、锌硼膏等。如合并感染时，可用 0.1%雷夫奴尔冷敷后外用氧化锌油或抗生素软膏莫匹罗星（百多邦）、金霉素眼膏等外涂。如果瘙痒明显，皮损较严重时，可选择抗过敏药物口服，如开瑞坦、皿治林、地氯雷他定等，每日一片，夜间瘙痒剧烈时可将服药时间改为睡前。对于急性湿疹情况比较严重时，亦可静脉注射 10%葡萄糖酸钙 10 毫升，或者地塞米松 5 毫克，同时加入维生素 C 1.0 克或硫代硫酸钠 0.64 克。

在用药时需要注意的是，乳房的皮肤非常薄嫩，不能随便外用药膏，因为不同的药膏不仅内含药物不同，就是相同的药物，其剂量也会不同。如果用药不对，不但不能治愈疾病，反而会导致多种后遗症状的产生。例如，有些病人用治疗脚癣的药膏涂擦身体上的皮炎，有些用激素含量很高的药膏涂擦在皮肤很薄的部位，这样做都是适得其反的行为。此外，怀孕及哺乳期间是女性两个比较特殊的时期，一般不主张内服激素类药物，并且在外用药的选择上也有着严格的界定。所以，不要养成随便用药的习惯，最好在专业医生的指导下正确使用药物，才能药到病除。

3. 乳房湿疹的预防

由于乳房湿疹可反复发作，因此，养成良好的生活习惯，预防是关键。

（1）正确的沐浴方式能够避免乳房皮肤的损害，对于预防乳房湿疹尤为关键。现代医学认为，乳房上有皮脂腺及大汗腺，乳房皮肤表面的油脂就是乳晕下的皮脂腺所分泌的。妇女在怀孕期间，皮脂腺的分泌增加，乳房上的汗腺也随之肥大，乳头变得柔

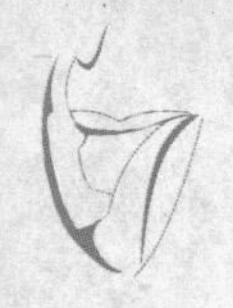

软。而汗腺与皮脂腺分泌物的增加也使皮肤表面酸化，导致角质层被软化。此时，如果总是用香皂类的清洁物品，从乳头及乳晕上洗去这些分泌物，对妇女的乳房保健是不利的。错误的清洗会通过机械与化学作用洗去皮肤表面的角化层细胞，促使细胞分裂增生，并且易碱化乳房局部皮肤，促进皮肤上碱性菌丛增生，使得乳房局部酸化变得更加困难。如果经常不断去除这些角化层细胞，就会损坏皮肤表面的保护层，使表皮层肿胀。因此，要想充分保持乳房局部的卫生，最好选用优质香皂、浴皂，温水淋浴。

(2) 不宜穿戴涤纶或海绵衬等化纤成分的胸衣，贴身衣服尽量以全棉质地为佳，也不要在乳房部位喷撒香水。

(3) 饮食方面应注意避免易致敏和刺激性食物，如鱼、虾、浓茶、咖啡、酒类等。

(4) 对于一些处于特殊生理期的女性如哺乳期，还应注意养成良好的哺乳习惯，注意婴儿的口腔卫生，勤换内衣，减少对乳头的物理性刺激。

总之，乳房湿疹可防、可治，其中的关键就是早期发现，早期治疗，辅以健康的生活、饮食习惯，让乳房湿疹远离女性朋友并不困难。

4. 乳房湿疹样癌与乳房湿疹的区别

不过提到了乳房湿疹，就不能不提及乳房湿疹样癌。在临床上，乳房湿疹样癌较易与乳房湿疹相混淆。尤其在疾病的早期，湿疹样癌的皮损与乳房湿疹极易混淆，就如同故事二中提到的梅女士。那么乳房湿疹和湿疹样癌又应该怎样鉴别呢？

从发病年龄来看，乳房湿疹多见于年轻女性，尤其是哺乳期女性，因乳汁刺激而发病者多见；而湿疹样乳腺癌多见于中老年女性，平均发病年龄在40～50岁之间。从临床表现来看，乳房湿疹样癌患者除了表现局部湿疹外，约有2/3的患者可在乳晕附近或乳腺的其他部位摸到肿块；而乳房湿疹的患者则不会出现乳房肿块。另外，乳房湿疹患者一般会自愈；而湿疹样乳腺癌患者会出现皮肤糜烂，无自愈倾向，并且随着病变的进展，乳头可回缩或固定，乳头部分或全部溃烂。大部分乳房湿疹样癌患者可在腋窝触及肿大、质地坚硬的淋巴结；而乳房湿疹患者继发的腋淋巴结肿大，质地不坚硬，且活动度大。细胞学的检查是区分乳房湿疹和湿疹样癌的最有效方法。此时，只要在皮损边缘取绿豆大一块组织做病理检查就行了。对于湿疹样癌来说，病理检查可见到特殊的细胞学改变。

虽然，从理论上讲，乳房湿疹样癌与乳房湿疹的临床表现有这样、那样的不同，但作为患者本人通常是很难区别的。因此，最好的办法还是请专业医师诊断，以免延误诊断和治疗。尤其是用激素类药物治疗7～10天后还没有效果，甚至病情有所发展者，应考虑有乳房湿疹样癌的可能。一旦确诊为湿疹样癌，应尽快进行手术治疗。根据其具体病情及转移的范围选择适当的手术方式，常用的方式有单纯的乳房切除术、保乳术、根治术及改良根治术等。除手术治疗外，患者还应配合化疗、放疗、内分泌治疗，以提高疗效。乳房湿疹采用中医中药治疗效果比较明显。

从之前的两则故事我们可以了解到，乳房皮肤健康也是乳房疾病中不可忽略的一部分。就如同美丽要内外兼修一样，乳房的皮肤健康也同样重要。切莫认为皮肤表面的变化事小，不会影响自身的健康。关爱乳房，将乳房当作自己最亲爱的朋友，这样才能使疾病远离我们。

（王　涓　周　敏）

七、留心细节

——乳腺导管内乳头状瘤的防治

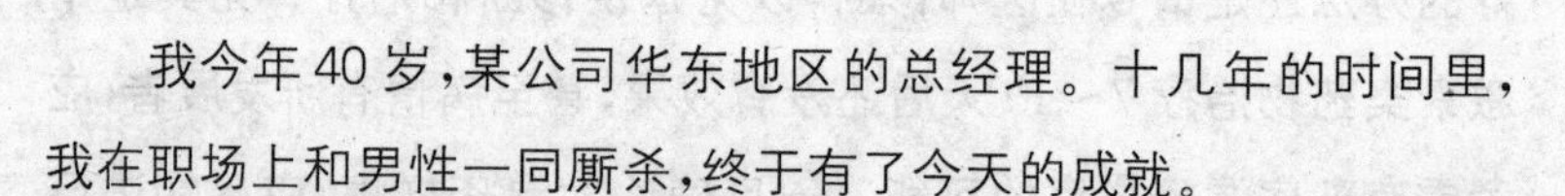

我今年40岁，某公司华东地区的总经理。十几年的时间里，我在职场上和男性一同厮杀，终于有了今天的成就。

然而最近发生的一件事，彻底打乱我这个“铁血宰相”的生活秩序，甚至，改变了我这么多年来对待生活的态度。

3个月前，我一如既往地忙碌在各种事物之中，忙出差，忙谈判，忙着教训下属。在某一个沐浴后的晚上，我突然发现右侧胸衣的里衬上有一点点血迹，因为没有在皮肤上找到什么破损的迹象，也就并未在意。繁忙的工作很快就让我忘了这个小插曲。然而，内衣上的血迹却像办公桌上的文件，丝毫没有减少的迹象。

那段时间我手上正好有一个刚刚启动的项目，有时甚至忙得连吃饭的时间都没有，更不要提自己的健康了。因此这件事情一直拖着，没有去医院检查。内衣上的花斑越来越明显，连负责后勤的老公都发现了这个细节。在他再三的催促下我勉强放下了工作，来到了医院。

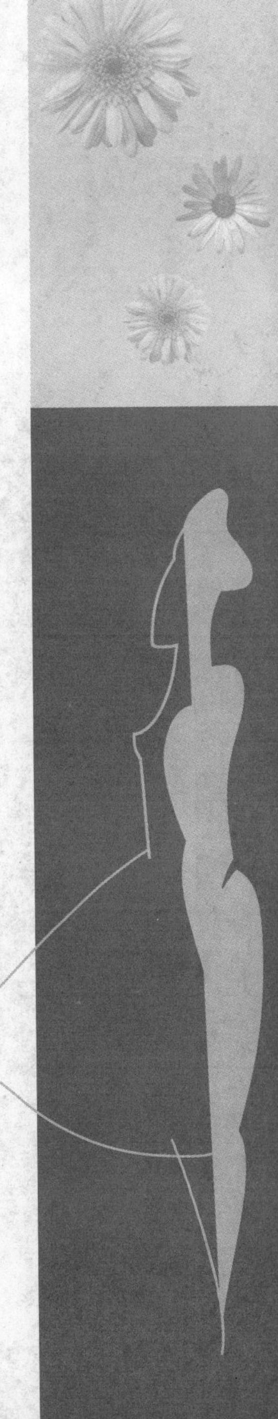

“怎么病了两三个月才来医院?”医生在听了我的叙述并进行了检查之后问道,语气颇有责备之意。

我一愣,有必要这么严肃吗?又不是什么大事情。我可是推了好几个会议过来看病的!

医生可能是看到了我急躁的样子,叹了口气,说道:“我知道你忙,可是再忙也该爱惜自己的身体,你以为不痛不痒的就可以不看医生吗?要知道,这可不是什么药膏就能够涂好的小毛病。”

我愕然,一时间找不到什么合适的语言。

“你右侧的乳头经过挤压之后溢血的表现比较明显,虽然乳房并没有摸到明显肿块,淋巴结也没有肿块,但是临床上乳头的血性溢液不能小觑,很有可能就是你体内的一枚定时炸弹,会不会引爆,何时引爆,这都是难以预估的。因此,我建议你先进行钼靶检查。”

我有些浑浑噩噩,但是想到还有很多工作要做,真是心烦意乱。

抓紧时间,拍张什么钼靶片吧!身体一向健康的我很不愿意来医院这样的地方,这种鬼地方只有弱者才会经常光顾。心里正咕哝着,摄片的结果出来了。我看到并没有什么可怕文字的报告单之后,便把心放在了肚子里。可是医生的表情仍旧严肃。

“钼靶检查虽然没有明显的异常,但是并不能够排除导管内的疾病,需要再进行乳房导管内镜检查,两者的结合才能诊断明确。不过这个检查有一些创伤,可能会有一点疼痛,不像钼靶那样简单方便。”

……

那晚,我躺在床上,久久不能成眠。刚换下的胸衣上仍旧斑斑血迹,像是朵朵怒放的腊梅在向我这个女强人示威。白天的内镜检查结果为:导管内乳头状瘤。似乎不愿意说出这样的结果,

但是真的，我开始有些害怕了。

次日，放下繁重的工作，我再次找到那位医生。她告诉我，这种肿瘤多发于已婚的中年女性，是一种良性肿瘤，但是癌变的可能性较乳房其他良性肿瘤为多，因此往往被称为癌前病变。最终确诊还需要通过手术，术中取得病变的导管，然后进行病理检查，以排除恶性病变。以我目前的情况，不容拖延。

医生并没有十分严厉地斥责我，但是那一刻我却觉得头晕目眩，似乎像个不懂事的孩子一样被狠狠地批评了一顿，在职场一贯强势的我在此时却软弱无比。我害怕手术，害怕伤痕。但是，我更害怕会查到癌细胞。生命第一次这样赤裸地受到威胁，我却不能掌控。第一次开始质疑这些年的生活。我精明强干，事业有成，可是多年的工作占据了我那么多的时间。加班就是家常便饭，高强度的工作也时常压得我透不过气来，想要一家人安心、温馨地吃顿晚饭简直成了奢求。但总算我的付出是有回报的，工作中的成就把我与其他的同龄女人区分开来，我得意，我也很满足。殊不知，每个人在来到这个世界上时，上帝便以“礼尚往来”的方式，给予我们一些东西，又从我们的身上索回一些。丈夫是个宽厚的人，仍不时抱怨我冷落了他，孩子也经常埋怨我没时间陪他。

我忽略了家庭，忽略了孩子，最后连自己也被忽略了。我这么做，究竟是对还是错。而这个手术，一旦最后的病理结果是恶性的，那么我这辈子岂不是再也没有机会来弥补我对家人曾经的忽略！我到底想要的是什么，是什么？

终于到了手术的日子，这些日子以来勉强伪装的坚强在进手术室前的那一刻全部崩溃，几乎没有哭过的我，眼泪瞬间决了堤般地涌出来。丈夫的笑脸，儿子的笑脸不断在眼前晃啊晃，仿佛进了手术室就是永诀一般。我暗暗在心里发誓，如果只是良性的肿瘤，我要重新开始自己的人生。

1周后，病理检查报告出来了，良性。拿到结果的一刻，我哭了，这次是喜极而泣。我遵守曾经许下的诺言，我要重新生活。要做的第一件事就是辞掉职务，我已经把太多的时间花费在了工作上，我要用更多的时间来陪伴我的家人。我渴望家人共度的晚餐，渴望家人在一起的出游，渴望每晚在电视机前消磨着时间，渴望最平凡的笑语欢颜。虽然最后证实我患的不过是良性肿瘤，可我似乎一下子读懂了生活。灿烂的朝霞，明朗的清空，潋滟的湖水，这些我不曾留意过的生活，从现在开始要和我的家人一同分享。

经历严寒，才知太阳有多温暖；跨越沙漠，才知清水那么甘甜。深吸一口清新的空气，如释重负，一缕穿过乌云的阳光，照亮了我未来的幸福路。

专家点评

乳腺导管内乳头状瘤是指发生于乳腺导管上皮的良性乳头状瘤，多以乳头溢液污染内衣而发现。乳头溢液常为单孔溢出血性液体，溢液呈自发性或间歇性血性液体。可发生于青春期后任何年龄的女性，经产妇多见，尤其多发于40岁以后的妇女。该病在临床上占乳房良性肿瘤的20%；亦有恶变可能，占同期乳腺癌发病率的7.9%，因此又被称之为癌前病变。该病的临床症状不明显，多数以无痛性乳头溢液就诊，部分在检查乳房其他疾病做病理检查时被发现，所以发病率很难统计，根据临床观察，比乳腺纤维瘤及乳腺癌少见。

乳房导管内乳头状瘤可分为大导管内乳头状瘤和中、小导管内乳头状瘤。由于乳头状瘤小而软，因而临床检查时常不易触

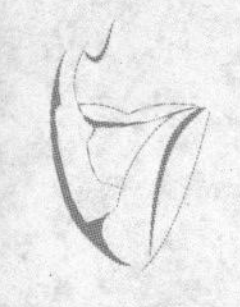

及，约 1/3 的病人能够在乳晕下方触及小结节，结节活动度较好。轻压乳晕区或挤压乳头时，有血性液体排出，可以帮助定位。发生于小导管的乳头状瘤，位于乳腺的边缘处，常多发，又被称为导管内乳头状瘤病。管内乳头状瘤的体积常很小。

目前，本病的发病机理尚不十分清楚，临床多认为本病的发生可能与雌激素的过度刺激有关。亦有一些学者认为与乳房囊性增生性疾病的病因相同，即与雌激素的水平高低有关。一般认为，乳房导管内乳头状瘤的发生与更年期雌激素分泌紊乱有关。

1. 乳腺导管内乳头瘤的特征性表现

(1) 发病年龄及病程：本病可发生在 25～60 岁，其中 40～50 岁最为多见，约占 70%。

(2) 乳头溢液：乳头溢液是导管内乳头状瘤的最主要症状。乳头溢液是自溢性的，常呈血性或浆液性。对男性乳头溢液，应首先考虑为导管内乳头状瘤，并高度警惕恶性的可能。如果年龄在 45 岁以上的乳头溢血性液伴有乳房肿块，就应考虑导管内乳头状瘤恶变的可能。

(3) 疼痛：本病仅有少数人有局部疼痛及压痛，常为乳房导管扩张、导管内类脂样物质溢出及炎症所致。

(4) 乳房肿块：触诊时可在乳头处、乳晕区及乳房的中心处触及肿块，多数肿块体积较小，一般直径在 1～2 厘米。肿块质地较软、光滑，且可活动，有时在乳晕旁可触及放射状条索。也有的病人扪不到肿块，仅在乳晕区触到几个点状结节，实则为病变所在部位。

根据这些特点，临床诊断并不困难。对可疑病例可采用以下方法确定诊断。

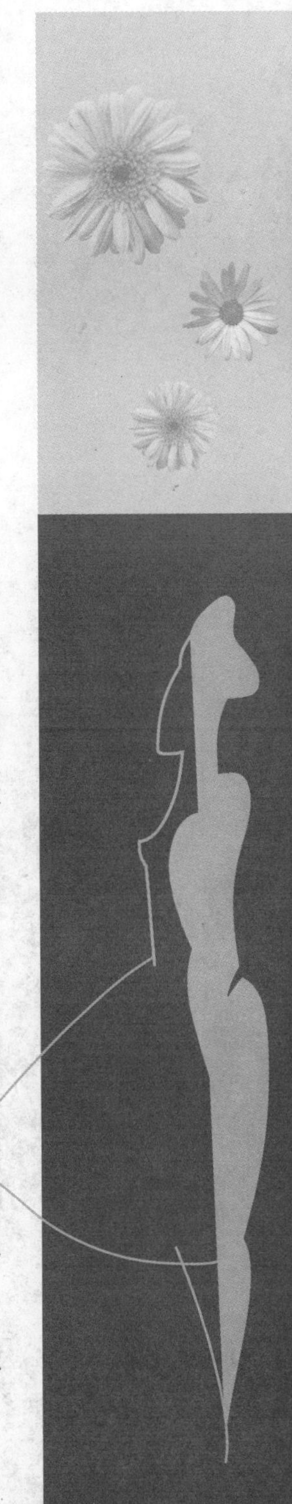

(1) 乳腺导管造影下钼靶 X 线摄片:对乳管内的乳头状瘤具有较高的诊断及定位价值,尤其是对难以触及肿块的病例。该检查方法简便,只用一钝头注射针头插入出血之乳管内,向内注射造影剂再行钼靶 X 线摄片即可。

(2) 溢液细胞学检查:连续多次的乳头溢液细胞学检查,对良、恶性乳头溢液的鉴别诊断具有十分重要的意义。

(3) 乳管内视镜检查:对未触及肿块的乳头溢液病例可提高其诊断率。

2. 乳腺导管内乳头状瘤的治疗

乳腺导管内乳头状瘤最有效的方法是手术治疗,药物治疗通常只能减轻症状。

(1) 手术治疗:是本病的首选治疗方法。手术要避开月经期,术前均应行乳导管造影检查,以明确病变的性质及定位。术后宜做石蜡切片检查,因为冷冻切片对于辨别乳腺导管内乳头状瘤和乳头状癌有困难,两者常易发生混淆,故不宜以冰冻切片表现为恶性依据而行乳房根治术。

(2) 中医中药治疗:乳腺导管内乳头状瘤多以乳头溢液为主要症状,中医则称之为“乳衄”。一般认为乳衄多为肝郁火旺或脾虚血亏引起,治疗时应以疏肝解郁、清泄肝火及益气健脾、养血摄血为法。

▲ 肝郁火旺型:乳孔内溢出鲜红或暗红色液体,乳晕部可触及肿块。伴有烦躁易怒,乳房及胸胁胀痛,口苦咽干,失眠多梦。舌红,苔薄白或微黄,脉弦。治法:疏肝解郁、清泄肝火。方药:丹栀逍遥散加减。

▲ 脾虚血亏型:乳孔内溢出淡红或淡黄色液体,乳晕部可触

及肿块。伴有面黄倦怠，食少便溏，虚烦少寐。舌淡，苔薄白，脉细弱。治法：益气健脾、养血摄血。方药：归脾汤加减。

3. 鉴别诊断

乳腺导管内乳头状瘤临床上常与囊性增生病、导管扩张综合征、浸润性导管癌、导管内乳头状癌相混淆。应综合分析，仔细辨证而确定。

（1）乳腺导管内乳头状瘤与乳腺导管内乳头状癌的鉴别：两者均可见到自发的、无痛性乳头血性溢液；均可触及乳晕部肿块，且按压该肿块时可自乳管开口处溢出血性液体。由于两者的临床表现及形态学特征都非常相似，故两者的鉴别诊断十分困难。

▲乳腺导管内乳头状瘤的溢液可为血性，亦可为浆液血性或浆液性；而乳头状癌的溢液则以血性者为多见，且多为单侧单孔。乳头状瘤的肿块多位于乳晕区，质地较软，肿块一般不大于1厘米，同侧腋窝淋巴结无肿大；而乳头状癌的肿块多位于乳晕区以外，质地硬，表面不光滑，活动度差，易与皮肤粘连，肿块一般大于1厘米，同侧腋窝可见肿大的淋巴结。

▲乳腺导管造影显示导管突然中断，断端呈光滑杯口状，近侧导管显示明显扩张，有时为圆形或卵圆形充盈缺损，导管柔软、光整者，多为导管内乳头状瘤；若断端不整齐，近侧导管轻度扩张、扭曲、排列紊乱，充盈缺损或完全性阻塞，导管失去自然柔软度而变得僵硬等，则多为导管内癌。

▲溢液涂片细胞学检查乳头状癌可找到癌细胞。

▲最终确立诊断则以病理诊断为准，而且应做石蜡切片，避免因冰冻切片的局限性造成假阴性或假阳性结果。

导管内乳头状瘤在多种乳房疾病中，症状隐蔽，往往不易被患者发现，又由于该病在临床上有着相对较高的癌变率，因此，不容忽视。不过，女性朋友无需过分担忧，只要在生活中多加注意，留心细节，有了问题及时就诊，采取正确妥当的治疗措施，便可化危为安。把握住自己的健康，这才是真正的强者，快乐的女人。

（王　涓　周　敏）

八、乳头溢液

——溢乳的防治

这天，门诊一如既往的繁忙。一个年轻的姑娘推开了病室的门，怯怯地问了句："乳房病在这里看吗？"我点点头说："请进吧。"

等病人坐定以后，我问了一句："你哪里不舒服"，顺便仔细打量了一下这个病人：二十六七岁的年龄，体型微胖，满脸的无精打采，眼神无光又带着点委屈，左手的无名指上还套了只闪闪发亮的白石头，怎么也有 0.5 克拉吧。

"医生，我好像得了什么怪病。我的乳头能够分泌乳汁一样白白的东西，可是我每次检查都没有怀孕。我结婚 1 年了，想要宝宝也怀不上……"说着说着，她就哭了起来。显然，这个问题困扰了她许久。

"别急，静下来，慢慢讲。"我抽了一张纸巾，递给她。终于她的泪珠止住了。

"是这样的，医生，我的乳头一直会分泌白白的液体，大概有两三年了，因为不痛也不痒的，也就一直没有当回事。自从去年结婚以后，我才慢慢意识到问题的严重性。原来乳头分泌白色液体的毛病越发厉害不说，就连原本正常的‘老朋友’现在也不愿每月报到了。而且，最近的我也完全没有了‘性’趣，倒是体重一天赛过一天。刚开始我先生还非常兴奋，以为是怀孕了。可是接二连三这样，现在，光从背影我都能看得到他失望的表情。”

听了她的描述后，我的大脑硬盘开始按照7 200转/分的规格高速旋转着。我要求检查她的胸部。按照常规对两侧乳头触摸了一圈，并没有发现明显的肿块。我开始将重点放在两只乳头上。只要轻轻地一捏，就能看见乳头处开始溢出乳白色不透明的液体，右乳头2只孔溢液，左乳头3只孔。嗯，多孔，心里有点数了。

“初步做了检查，现在还不能下结论。你先去抽血化验，同时做一个乳房的B超，等1周后结果出来再说。先不要担心，这两天你需要做的就是好好休息，放松心情，要知道这点对乳房也是很重要的。”

1周后，她如约来找我，手上拿着检查报告单，“催乳素150 ng/ml(纳克/毫升)”。问题的答案有了一半了。

“催乳素是我们人体大脑内所分泌的一种激素，它的主要作用是促进乳腺发育生长，引起并维持泌乳，一般只有在女性孕期、产期会生理性的升高，发挥启动和维持泌乳的作用。除此以外，催乳素的升高，我们都会视为不正常的。乳房泌乳就是最典型的异常表现，通常会双乳同时多孔分泌白色乳汁样的液体，而且还会导致月经紊乱，甚至停经。此外，由于激素的相互作用，还可能会出现肥胖、肢体无力、性欲降低，甚至外阴萎缩等一系列表现。催乳素升高最常见的原因是颅内垂体腺瘤，其次长期口服避孕药、镇静类药物等也会导致其升高。对于你的情况，我建议你尽快做头部的核磁共振，排除脑垂体瘤。”

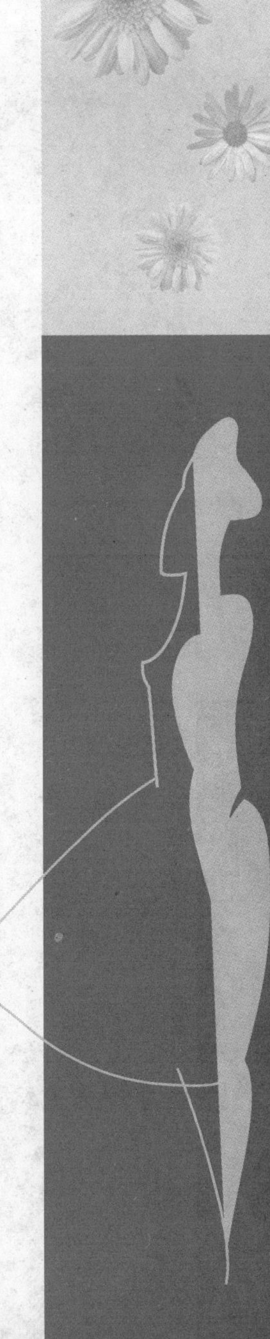

一段通俗易懂的语言，我相信她是听懂了。

“现在去检查，报告马上就能出来，我在这里等着你。别害怕，兴许不是呢！”

当医生这段时间，已碰见各种各样的疾病。有十分简单的病，稍作处理便可；也碰到过恶性肿瘤这类很可怕的疾病，每每将这种噩耗告诉病人的那一瞬间，自己也好像同他们一样，心被重重地摔在了地上。这种时候，总是非常后悔选择了医生这样的职业，原本是为了消灭疾病，为大家带来快乐，却不想，自己还没能够对生命的威胁“脱敏”。

快下班的时候，终于等到这个病人了，我甚至可以不用看报告就能够从她表情中读到摄片结果。唉，又好一阵子心痛。

“根据你的核磁共振摄片和医生所发的报告，你的脑垂体上的确长有瘤。但是值得庆幸的是，瘤体很小，小于 10 毫米的腺瘤又称垂体微腺瘤，具有手术的指征，也算是不幸中的万幸。而且鉴于你是育龄期女性，只有切除瘤体，待机体内各项激素回到正常水平，才有可能恢复生育能力。如果是年龄比较大的女性，可以考虑保守治疗，但是需要终生服药来控制较高的催乳素。”

“一听到脑袋里长了瘤，真是害怕到窒息！我刚结婚，美好的人生刚刚开始，我有很多事情还没有做，我不想就这么结束自己的生命啊！”

尽管我只是个有一面之缘的小医生，可她还是掩饰不住在我面前精神崩溃。

“原来你是担心这个呀，垂体微腺瘤在绝大多数情况下是不会影响到生命的。这是一种良性腺瘤，只是长的位置不好，在颅内。但是随着现代医学技术的进步，这已经不成什么问题了。现在只需从鼻孔或者口腔就可以进行手术，手术时间短，恢复也快，完全不需要这样担心。”

总算是有效，她终于抬起头来，擦了擦水肿的眼睛，坚强地说："好吧，我愿意接受手术治疗。"

半年后的一天，我正和往日一样，埋头苦苦看病的时候，听见了诊室门外的一声呼唤："医生，还记得我吗？"

"呃……"谁呢？

"是我啊，垂体微腺瘤！！我怀孕了！就在对面的妇科门诊做孕期检查呢。真的谢谢你啊，要不是你，我还不知道自己得了什么怪病，如果错过了手术的最佳时间，就要抱憾终生了……"

"哦，"原来是这样。我长舒了一口气，"哪里哪里，这是我职责以内的工作，谈不上谢，有了宝宝就好，祝你们幸福啊！"

呵呵，怎么到这会，才觉得身上这件大褂这么白，这么干净呢！一直挺后悔做医生的，总觉得这个职业有点残忍，视野里尽是悲惨人生。尤其是我这样的小医生，没点回转乾坤的实力，更是后悔穿这身制服。可是现在，我似乎感受到了做医生真正的意义，不在乎你有多大的作为，而是将有限的力量，全部发挥出来。所以，我开始爱上了做个小医生，与病人一起，同悲同喜。因为，我尊重每一个病人的生命。

孙思邈有一句话："人命至重，贵于千金，一方济之，德逾于此。"一个小医生也可以做到哦。

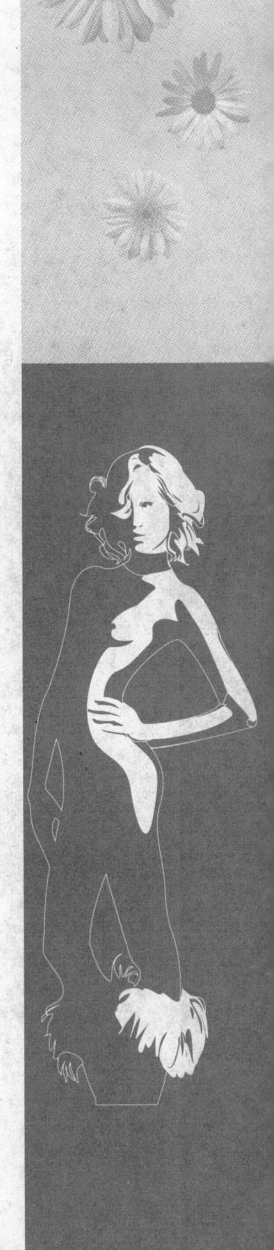

我们知道，健康的女性只有在怀孕晚期及分娩后乳房才会分泌乳汁。可是，有些未婚女性或是已婚但却未曾怀孕生子的妇女，也时常发现自己的胸衣上有一片潮湿的渍迹，偶尔挤压一下乳房，还会从乳头中流出一些乳白色液体来。它与那些患乳腺导

管疾病的患者所分泌的血性液体不同，是真正的乳汁。有时还会伴有月经的紊乱，甚至停经。往往这种时候她们会因为害羞而不愿找医生及时诊治，或因担心生“怪病”而忧心忡忡，从而加重了症状。遇到这种情况，临床上我们应高度怀疑患者是否患有“溢乳-闭经综合征”。

下面我们就为大家解释一下，为何此种疾病发生时，会出现这样一组奇怪的症状。

首先我们先介绍一下正常的乳汁是如何形成的。女性体内有一种性激素叫催乳素，它是由垂体前叶分泌的。其主要生理作用是促进乳腺发育生长，引起并维持泌乳。在正常妇女体内催乳素的含量是很少的，它只能维持正常的乳腺发育，而不能引起乳汁分泌。在女性怀孕期间，孕妇体内性激素水平的增高，为今后分娩的婴儿做“准备工作”。待到分娩后，体内激素水平急速下降，这一信息传到下丘脑后就会启动泌乳。此后，产妇的催乳素水平会逐渐降低，乳汁分泌一直持续到哺乳期结束后半个月至1个月才完全停止。

而女性在非妊娠期和非哺乳期，乳头有白色乳汁样液体流出称为病理性溢乳。文中的那位患者就属于病理性溢乳。

但是为何会出现病理性溢乳呢？罪魁祸首就是催乳素。通常病理性溢乳患者体内的催乳素都会明显升高，我们称为“高催乳素血症”。高催乳素血症的患者，除了溢乳外，还常常伴有程度不同的月经紊乱，严重者甚至出现闭经；体检时可发现有毛发脱落、体重增加、头痛、视觉障碍、外生殖器萎缩等症状，形成一组以溢乳、闭经、不孕为主要表现的疾患，称为“溢乳-闭经综合征”。严格地说，它并不是某一种病，而是由不同疾病引起的但具有共同临床特征的症候群。

“溢乳-闭经综合征”在临床上有着复杂的病因及症状。不管症状表现的轻重程度如何，都可归结为体内存在过量催乳素，而产生过量催乳素的主要原因，有以下几种。

(1) 下丘脑疾病：如脑炎、颅咽瘤、松果体瘤、下丘脑部分梗死、假性脑瘤、垂体柄切断等，都能造成下丘脑产生的催乳素抑制因子减少，或者催乳素释放因子及促甲状腺激素释放因子增加，导致催乳素增多。

(2) 垂体疾病：主要是垂体部位的各种肿瘤。部分空泡蝶鞍综合征、垂体功能亢进，也可导致催乳素增多从而引起溢乳、闭经。

卵巢位于子宫两侧，根据促性腺激素的变化，可以周期性地分泌雌激素或孕激素，以维持女性性功能和女性的性特征。乳房发育主要受卵巢分泌的雌激素和孕激素的影响，以及垂体分泌的催乳素的影响，以决定其发育的程度。

(3) 原发性甲状腺功能减退：甲状腺与乳腺，一个在颈部，一个在胸部，看来是风马牛不相及的两个器官，但实际上两者间的内分泌关系却非常密切。甲状腺功能减退时，由于甲状腺素分泌不足，可刺激垂体分泌促甲状腺激素，但同时也能刺激垂体催乳素的过量分泌而造成溢乳。

(4) 药物因素：作用于中枢神经系统的镇静剂，如氯丙嗪、吗啡等，可减少下丘脑产生的催乳素释放因子的活性；降压药甲基多巴、利血平等可抑制催乳素抑制因子的释放；甲氧氯普胺(灭吐灵)可刺激垂体催乳素的过量分泌。

(5) 神经刺激：某些部位特别是胸部的皮肤受刺激，包括周围神经损伤引起的剧痛，都可以通过神经传递到下丘脑而引起催乳素增高。如胸部手术、灼伤、胸背部的带状疱疹等。此外，乳房的经常性刺激，如慢性乳房脓肿、囊性乳腺瘤，尤其是那些让孩子经常性吮吸乳头者，也会由于长期神经刺激而造成内分泌控制失调，以至引起溢乳。严重精神创伤以及明显的生活习惯的改变，

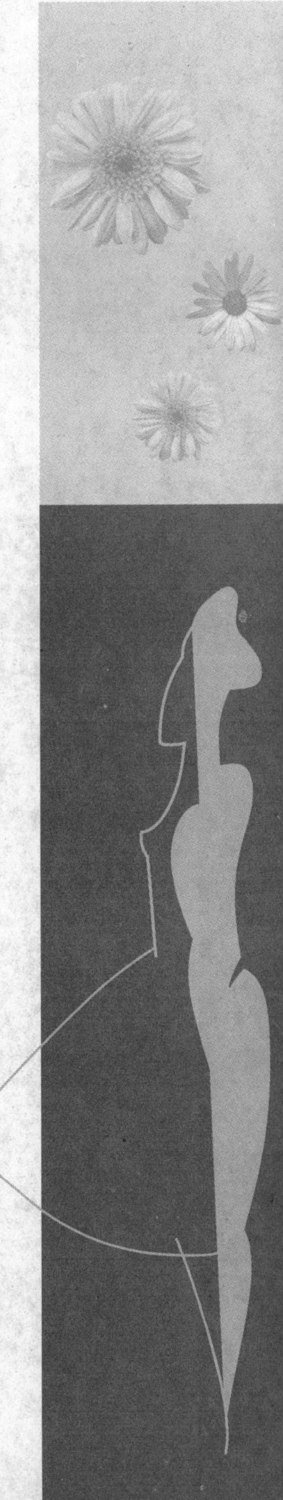

也可造成一时性的溢乳。但是溢乳症患者有30%～40%的人查不出什么原因，只能统称为“原因不明性溢乳症”。

由于引起溢乳的因素很多，所以建议凡有月经紊乱或闭经的妇女，最好自己能定期轻压双侧乳房，一旦发现乳头有溢液，应及时去医院作详细的检查，包括做血液中催乳素及其他内分泌激素的测定，以明确病变部位和原因。

中医中药治疗可以有效地调整下丘脑-垂体-卵巢轴的功能状态，使催乳素分泌水平下降，不仅可以改善症状，而且可以调整机体的内环境，避免西药治疗的副作用。气血亏虚者可予益气养血为法，药用人参养荣汤加减；肝气郁滞者可予疏肝理气、行气活血为法，药用逍遥散合桃红四物汤加减。应用中医中药治疗，需以诊断明确为前提，发现有器质性病变如垂体肿瘤等，应尽早手术治疗，不要延误治疗时机。

因此，当女性朋友们出现乳头溢乳，同时伴有闭经、不孕等症状时，切莫讳疾忌医，而应及时至医院就诊，通过一系列的诊疗手段，早期诊断，早期治疗。只有解决了“元凶”，幸福才会常驻。

（王　涓　周　敏）

九、溺爱

——乳房异常发育症的防治

7岁的女孩邢邢终于可以挺胸抬头地走路，无忧无虑地玩耍，跟小伙伴们一起练习形体和游泳了。在乳房的肿块全部消散，疼痛消失，疾病痊愈后，邢邢重新开朗了起来。

邢邢的父母是实行计划生育后的第一批“独苗”，所以邢邢是家里唯一的小孩子，也自然成了一家人的“宝贝”。自从有了生意火爆的西式快餐后，邢邢就吃上了瘾，爷爷、奶奶为了满足要求每周都带她去改善一次；小时候的邢邢隔三差五地闹病，为了让她身体好，外公、外婆把别人送的蜂王浆、蛋白质粉等营养滋补品都让给邢邢吃。

3个月前，邢邢的身体开始悄悄发生了变化。本来是个小孩子，可她的胸部却像处于青春期的女孩子一样发育出乳房。起初，邢邢没太在意。可随着她的成长，身体上的异样渐渐明显。仔细观察，隔着衣服就能看出稍隆起的胸部和结块。邢邢还小，不知道这是怎么了，只是感觉到自己和同龄人不太一样。为了

不让其他同学知道自己的“秘密”，邢邢的衣服总是比别人厚几层，并且渐渐和周围的同学们疏远了。细心的班主任肖老师发现了她的变化，觉得邢邢的性格也变了不少：她不再是班里的活跃分子；不再是那个敢说敢干的小组长；不再像以前一样，喜欢在大家面前唱歌、跳舞、表演才艺；不再上她最爱上的形体课和游泳课；也不愿在课间的时候和同学们打打闹闹……她甚至变得不爱说话了。

家里人也有些摸不着头脑，邢邢不但成绩下降，还变得不爱说话了。他们更着急，但就是找不到缘由。妈妈这些天正好休假，静下心来仔细想想，她觉得女儿比原来胖了，而且大热天还喜欢穿厚衣服。为了弄清楚，她决定帮邢邢洗澡，虽说邢邢不让，但她还是巧妙地把女儿哄同意了。脱掉衣服后，稍隆起的胸部和结块自然逃不过妈妈的眼睛，顿时把妈妈吓住了。心中起了一串的疑问：女儿怎么这么小就发育了？而且乳房长得也不规则，右侧的乳晕下还有结块。

当邢邢发现妈妈正盯着自己的乳房发愣时，一下子扑到妈妈怀里哭了出来，她哭得很伤心、很痛苦。眼泪里饱含着多日来积攒的怨恨和不快，她似乎想把几个月来憋在心里的话都讲给妈妈听。另一方面，妈妈心里更加难受，她责怪自己粗心：女儿身上发生了如此明显的变化，自己却一直都没有发现！真是个不称职的母亲。

妈妈叫回了正在上班的爸爸，两人经过商量，决定带女儿去医院，求助医生。当天下午，一所大学附属医院的乳腺专科，一家人进了诊室。在详细地询问了病史并做了相关的实验室检查后，医生给邢邢下了一个诊断“乳房异常发育症”。

一听到“异常发育”，一家人都显得很紧张。爸爸忧虑地问道：“会不会影响孩子以后的生活呢？”医生笑了笑，“不要着急，这

主要是由于小孩子平时吃的食品中激素含量偏高以及服用的营养滋补品过多所导致的发育异常，祖国医学称之为‘稚乳病’。一般预后较好，经过一段时间的治疗，乳房会慢慢恢复正常，大多数情况下也不会影响孩子以后的生活。”医生给邢邢制订了治疗方案：口服疏肝理脾、活血散结的中药。

连服2周后，邢邢的妈妈高兴地告诉医生，女儿乳晕下的肿块全部消散，疼痛消失，疾病痊愈了。邢邢终于卸掉了胸前沉重的“包袱”，回到了从前的轨道上。

近年来，随着人民生活水平的不断提高，食品多样化，特别是大量含激素成分的营养滋补品进入市场，食品中激素含量明显增高，导致少儿乳房异常发育症的发病率逐年上升。少儿乳房异常发育症是正常青春期发育之前的男、女儿童（多见于女童，多为7～10岁）一侧或双侧乳晕下有扁圆形结块，或乳房略见隆起，有轻度疼痛，而不伴有乳头、乳晕的异常发育。没有全身性的内分泌疾病，也不伴有其他副性征异常。

1. 乳房异常发育症的病因

引起少儿乳房异常发育症的原因较多，现代医学认为有先天和后天之分：先天因素常为肾上腺皮质增生或肾上腺肿瘤、性腺肿瘤；后天因素常为乳腺组织对雌激素过于敏感或误食一定量含雌激素的药（食）物，如食用激素喂养的家禽、食用含激素的滋补营养食品，或误食避孕药等等，导致雌、孕激素平衡失调，使雌激

素长期刺激乳腺组织，而无孕激素的节制和保护作用。另外，雄激素受体的缺陷或局部乳腺组织中雌激素受体含量增高，也可能在本病的形成中起重要作用。

在临床上，一旦怀疑少儿乳房异常发育症，可进行一些相关的检查，如儿童女性阴道脱落细胞涂片检查、血清激素测定，有助于了解患儿内分泌状况；另外，还可进行 B 超，对有疑问的肿块进行细胞学涂片检查，以进一步明确诊断，排除其他疾病。

2. 乳房异常发育症的治疗

根据患者病史、临床表现、实验室检查以及不伴有其他副性征异常表现的特征，诊断该病并不困难。在治疗上，现代医学认为，少儿乳房异常发育症多为暂时性表现，并有一定的自愈倾向，可自行恢复，一般无需处理。但大多数患儿和家长，还是期望能够尽快消除异常发育的腺体，恢复正常的状态或者改善症状，以提高生活质量。

在这些方面，中医中药是较为有效的治疗方法。

在中医学中，该病属“乳疬”范畴。认为本病的病因病机为先天肾气不足，冲任不调或者肝郁气滞，木克脾土，脾胃气弱，化生痰湿，导致气滞痰凝而形成乳晕下结块。其病位在乳房，与肝、脾、肾关系密切。故临床上可结合相关方药进行治疗。如肝肾不足，冲任不调型，方用六味地黄丸合二仙汤加减；肝气郁结，肝脾不调型，方用逍遥散和二陈汤加减。

在服用汤药期间，应注意饮食宜忌，不要食生冷、油腻、腥发及刺激性食物；发生感冒等感染性疾患时停服。

此外，治疗中配合儿童心理疗法，解除患儿郁闷，往往可收到事半功倍的效果。在治疗及康复期间，应忌食煎炸厚味之品及高热量食品或含激素的滋补营养品。同时不宜多触摸乳房肿块，避免挤捏损伤。

3. 乳房异常发育症的预防

虽然本病有一定的可逆性，但易引起家长的恐慌，影响儿童的健康成长。上文中的邢邢，几个月来，从身体到心理都受到了极大的创伤，为了不让您的孩子遭受同样的痛苦，应注意预防少儿乳房异常发育症。

(1) 随着人民生活水平的提高，儿童的营养问题愈来愈受到人们的重视，偏食、过食和滥补现象日趋严重，饮食多以荤菜为主，很少吃蔬菜。而鸡鸭鱼肉、牛奶鸡蛋等，均为血肉有情之品，有培补肾气的作用，从而使小儿"稚阴稚阳"之体内蕴火热，促使性早熟的发生。因此，家长应收起你们的"爱"，适当纠正孩子的饮食习惯，并避免服食含激素食物及滋补营养品。

(2) 根据儿童所处的不同时期，让他们了解相应的人体生理知识，可以使孩子保持一个良好的心态，从而能够健康成长，远离疾病的困扰!

(3) 很多孩子会像邢邢一样，自己发现乳房硬块，触之感痛，然而怕羞，更因为年幼无知，不敢向父母倾诉，导致郁郁寡欢。不仅延误了病情，更容易形成心理障碍。所以，加强与孩子的沟通，并开设儿童心理课程显得尤为必要!

(4) 即使孩子已经罹患本病，患儿及家长也不必紧张，配合专科医生严密观察，积极诊治，多能取得满意效果。

专家提醒您：先天因素和后天的不良饮食习惯都会造成孩子的内分泌紊乱，导致孩子体型偏胖，乳房发育异常。许多家长起初并没有感到孩子的异样，直到乳房发育明显了才到医院治

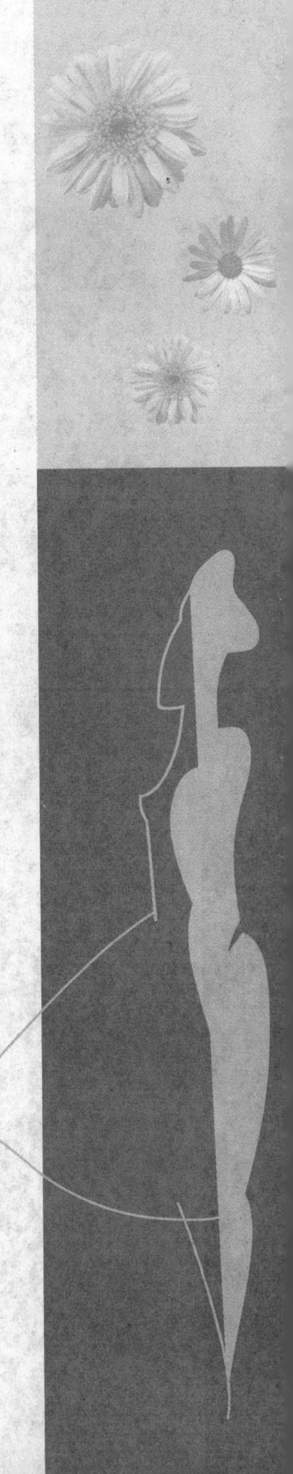

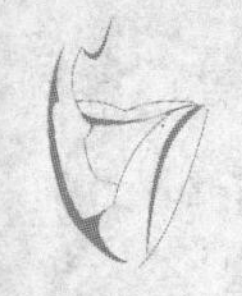

疗。更有甚者，自始至终都没有意识到孩子的发育出了问题，以致影响了孩子日后的正常生活。因此，关爱儿童健康是十分必要的！

（李　欣　周　敏）

十、浪漫的错爱

——乳房梅毒的防治

小Q从来没有像这样茫然不知所措过，迷茫地四处张望，周围的人群川流不息，好像没有人在关注着她，但又好像所有的人都在关注着她，都在盯着她……手里拿着的医学诊断书就好像比平时手中的那些事关人命的刑事案件的卷宗更加沉重。

1个月前

小Q有足够的资本引以为傲，30岁不到的她是人人羡慕的金领一族，在某国际律师事务所上班的她，在事业上风光无限，业绩和收入蒸蒸日上。但事业上的成功并不能代表一切，在感情上的不顺也常常使小Q感到心烦。自视清高的她在挑选另一半的标准上，严格到了近乎苛刻的地步：长相、事业、家庭，一切的一切都

是对照她自己的标准来设立的。于是她只有等待，直到遇到了小 F。

几乎符合她一切择偶标准的小 F 马上吸引了小 Q，两个人相识相恋。很快就住在了一起。有一天，小 F 喝得醉醺醺地回到了他们的家，还没等小 Q 问清楚什么事，小 F 就把小 Q 一起拉倒在床上……渐渐感到小 F 和平时不太一样的小 Q 突然发现，小 F 像小孩子一样伏在她的胸前，用牙齿咬着她的乳头……

第二天早晨，小 Q 以为小 F 喝醉了，也没多问，小 F 也没有解释，大家照常地工作和生活……

2 周前

一天下班，小 Q 在洗澡时不经意间发现自己的乳晕处起了一个高出皮肤的"小疹子"，疹子不大，旁边有点渗出的液体，没有疼痛或瘙痒的感觉。小 Q 觉得自己没什么不舒服，最多就是皮炎，自己吃几颗抗过敏的药物也就没当回事，以为慢慢就会自行消失的，无视"它"的存在……

3 天前

又过了大约 10 天，小 Q 突然发现自己乳晕上的"小疹子"一点也没有变小或者要消失的趋势，反而在其周围又出现了一些皲裂和糜烂。这一变化让一向镇定的她开始惊慌了，一般的经验告诉她，这个部位的疹子和其他部位皮肤的疹子性质应该不太一样。带着一丝丝担忧，小 Q 来到了医院就诊。面对医生的询问，小 Q 也找不到什么特殊的患病原因，“难道只是一般的皮炎或湿疹”医生不免心生疑问，但这些“小疹子”如软骨般的触感，浅表的溃疡和随后发现的腋下淋巴结的肿大让医生的疑惑更加增加，“难道是梅毒？乳房梅毒？”疑惑中的医生详细地询问了小 Q 的性生活情况。

一开始的羞涩让小 Q 不愿详谈，但在医生详细说明疾病的特殊性和危险性，并询问患者是否有不正常的性生活经历后，小 Q 终于说出了 3 周前的那一幕……

通过随后的实验室检查，医生终于确定了小 Q 的疾病——乳房梅毒。

专家点评

乳房梅毒是一种由苍白色螺旋体导致的性传播疾病。在祖国医学中属于“杨梅毒”、“霉疮”、“广疮”范畴。

乳房梅毒的主要传播途径是由不洁性交、不正常性交，如梅毒患者外生殖器与乳头接触或以口吮吸乳头或以手揉抓乳房后传播。

一般的表现是在不洁性接触后 2～4 周，单侧乳头、乳晕处出现 1～3 个(通常为 1 个)丘疹，硬结或浸润性红斑，继之可发生皲裂、糜烂或浅表性溃疡，边界较清楚。皮损常为 1～2 厘米大小，有少量渗出液，表面清洁，触之为软骨样硬度，无明显疼痛及压痛，局部及腋下淋巴结肿大。

与一般的接触性皮炎有所不同，主要区别在接触性皮炎有明

确的接触史，较明显的瘙痒，在使用抗过敏药物后可很快自愈。

根据乳房梅毒的特点，有些患者容易将它和乳房湿疹混淆，这是可以简单区分的。乳房湿疹的主要表现是在乳头和乳晕或其周围皮肤出现对称性的丘疹、丘疱疹或水疱，基底部可见潮红，同时可以看到周围的皮肤出现糜烂、渗出、结痂。最主要的是患者自身有剧烈的瘙痒感，难以忍受。乳房湿疹常有向慢性转变的倾向，外用激素类药物容易治愈，但较易复发。相对而言，乳房梅毒就没有水疱等皮肤表现，主要出现于单侧或有过非正常性接触的乳房，也没有剧烈的瘙痒感，同时外用激素类的药物不会改善症状。

有些患者发现自己身上的不寻常的皮肤变化，容易往坏处想，增加自己的心理压力，这也是不可取的。因为就拿最容易和乳房梅毒混淆的乳房湿疹样癌来说，它们之间的区别也是显而易见的。乳房湿疹样癌的主要发生在单侧的乳房，患者的主要发病年龄在40～60岁，很少发生在40岁以下的女性身上。而且乳房湿疹样癌的病情经久难愈。如果患者对照以上区别仍然感觉心有疑虑的话，不妨尽快去医院做一个组织病理活检，这是排除乳房湿疹样癌最可靠的方法。

当然，如果排除了上述疾病，被明确诊断为乳房梅毒，也不要因为得了乳房梅毒就悲观消极，早期积极主动地治疗是解决问题的最好方法。如果放任或故意无视疾病的发展，那么在出现皮损后2个月左右，当梅毒的发展进入二期时，带给患者和家人的痛苦将更为严重。

目前西药青霉素对此病的疗效非常良好，及时足量地使用青霉素，能够有效控制病情，治愈疾病。而在祖国医学方面，也可辨证治疗，对症施治。以下举例说明。

(1) 如起病较急，患处发红肿胀，或轻度糜烂，或兼有发热恶寒,舌红苔黄腻,脉滑数,多为肝经湿热型。治宜清肝利湿、解毒散结。临床常用龙胆泻肝汤加减。

(2) 如乳头、乳晕溃烂,周边硬韧,局部红紫,大便干结,心烦口干,舌红,苔黄,脉弦数,多为毒热内蕴型。治宜泻火解毒。临床常用黄连解毒汤合五味消毒饮加减。

(3) 如乳房患处,红肿溃烂,午后发热,口干咽燥,大便秘结,小便短赤,多为阴虚火旺型。治宜滋阴降火。临床常用知柏地黄汤加味。

(4) 中医外治:鹅黄散、珍珠散外敷。

(5) 单验方

▲ 土茯苓合剂:土茯苓 60 克,马齿苋 60 克,鲜忍冬藤 30 克,蒲公英 15 克,甘草 6 克。每日 1 剂,水煎分 2 次服。连服 10～15 天为 1 疗程。

▲ 七宝丹:土茯苓 60 克,蝉蜕 3 克,金银花 30 克,僵蚕 3 克,生甘草 3 克,皂刺 3 克,杏仁 7 粒。每日 1 剂,水煎分 2 次服,连服 7 天。

▲ 土茯苓 60 克,水煎服,每日 1 次,连服 15 日为 1 疗程。

(徐光耀　张　明)

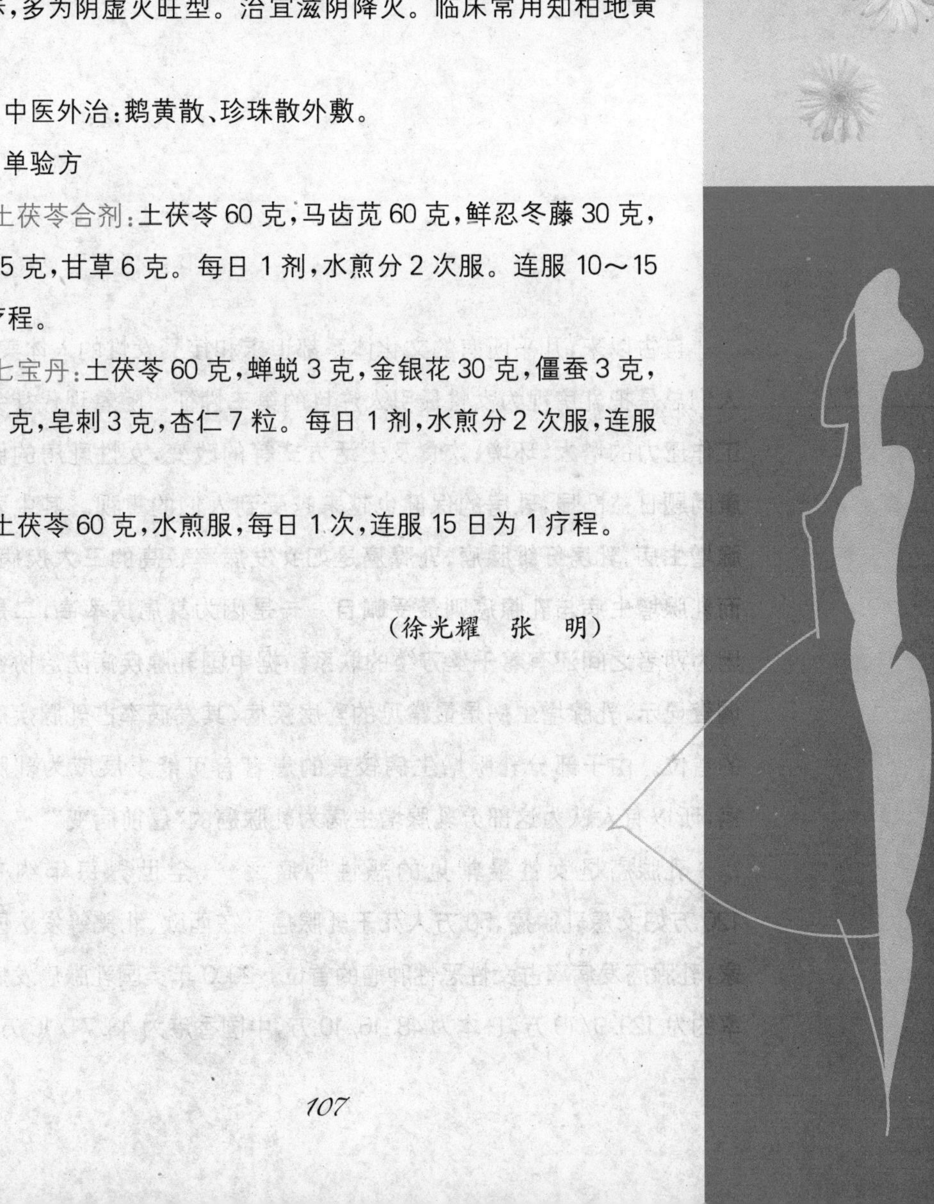

十一、拯救乳房，未病先防

自古以来，几乎所有的文化体系都追求和接受女性的人体美，人们总是把乳房视为女性最引人注目的第二性征。随着现代社会工作压力的增大，环境、饮食及生活方式等的改变，女性乳房的健康问题日益凸显，乳房的保健也越来越受到人们的重视。其中乳腺增生病、乳房纤维腺瘤、乳腺癌是妇女发病率较高的三大疾病，而乳腺增生病与乳腺癌则最受瞩目。一是因为其患病率高；二是因为两者之间还有着千丝万缕的联系。据中国乳腺疾病防治协会调查显示，乳腺增生病是最常见的乳房疾病，其发病率占乳腺疾病的首位。由于部分乳腺增生病较重的患者有可能发展成为乳腺癌，所以有人认为这部分乳腺增生病为乳腺癌的“癌前病变”。

乳腺癌是女性最常见的恶性肿瘤之一，全世界每年约有120万妇女患乳腺癌，50万人死于乳腺癌。在西欧、北美等发达国家，乳腺癌发病率占女性恶性肿瘤的首位。2000年美国乳腺癌发病率约为129.9/10万，日本为48.16/10万，中国香港为43.71/10万，中国内地为 17.09/10 万，韩国为 13.94/10 万。

我国虽属乳腺癌的相对低发区，但近年来的发病率增长趋势明显，尤其是大城市。以上海为例，1974 年乳腺癌的标化发病率为 17.2/10 万，而到了 2006 年，这一数字已经达到了 48/10 万，而市区更是高达 62/10 万。乳腺癌已经成为上海市区妇女最常见的恶性肿瘤和恶性肿瘤的第三大死亡原因。预计 20 年后，乳腺癌将是我国发病率最高的恶性肿瘤。

那么，女性怎样才能远离乳腺疾病的侵扰呢？对此我们必须了解乳腺癌的高危因素。

1. 乳腺癌的高危因素

(1) 乳腺癌的发病有明显的地区、民族差异：东西方女性乳腺癌发病差异悬殊。东方女性体内具有完善的 16α-羟基酶活性存在，能迅速将雌二醇转化为雌三醇，降低了雌二醇的致癌作用。日本女性发病率较低，但其子女移居美国后的发病率与美国女性相似。种族差异和移民发病率的改变可能是遗传因素与环境因素双重影响所致。

(2) 社会人口学的致癌因素：通常高经济收入、高教育程度的女性发病率尤高，这与其精神心理状态、月经、婚育、哺乳特点、饮食习惯和生活方式等综合因素相关。

(3) 乳腺癌的发生有家族聚集倾向：据报道，每年约有 10%～15%乳腺癌的发生与家族史有关。母系家族中有乳腺癌者，其女儿或姐妹患乳腺癌的危险性较一般女性高 3～4 倍；有遗传性的乳腺癌患者，发病年龄较一般人提前，女儿发病较母亲发病提前 10 年；双侧乳腺癌在有家族史的人群中发病率高。

(4) 诱发乳腺癌的遗传基因：*BRCA*1，*BRCA*2 是乳腺癌的易

感因素，某些基因缺失与 *BRCA*1，*BRCA*2 基因突变共同促进正常乳腺细胞向恶性肿瘤细胞发展。

(5) 激素及内分泌因素诱发乳腺癌。包括内源性激素——雌激素，外源性激素——口服避孕药、雌激素替代疗法等。

(6) 月经、婚育、哺乳与乳腺癌相关：一般月经周期短、经期长以及初潮年龄早和绝经年龄晚均为乳腺癌发生的危险因素；独身、婚后未育、育后未哺及流产均可增加乳腺癌的发病倾向；初潮与初产间隔长、初产年龄晚、生育胎数少是乳腺癌的危险因素；而女性 30 岁以前怀孕，首次足月妊娠或多产次及哺乳对乳腺癌有防护作用。

(7) 良性乳腺增生病的癌变：乳腺良性疾病是乳腺癌的危险因素之一，特别是非典型增生患乳腺癌的危险性最高，其次是导管内乳头状瘤、乳腺纤维囊性增生病、硬化性乳腺病等。

(8) 双侧乳腺癌的危险因素：一侧患乳腺癌，对侧乳房患乳腺癌的概率是正常人群的 5～7 倍。

(9) 饮食习惯改变与乳腺癌：高脂肪、高蛋白、高热量饮食及肥胖可增加乳腺癌发生的危险性。

(10) 生活习惯与致癌因素：①运动，运动能减少绝经前和围绝经前乳腺癌的发生；②饮酒，每天饮酒 15 克增加乳腺癌发病危险性 50%；③吸烟，是否与乳腺癌的发生有正相关关系尚有争议；④阳光，维生素 D 能使乳腺癌的发病危险下降 30%。

(11) 环境与致癌因素：①电磁场，接受电离辐射的女性，乳腺病发病率增高，乳腺癌增高 10.5 倍；②放射线，胸部作大剂量放射线照射，明显增加乳腺癌发病率。从接触 X 线到癌瘤发生，潜伏期至少 15 年。

归纳起来乳腺癌的高发因素主要有：有肿瘤家族史，尤其是母系家族中有乳腺癌病史；月经初潮早于 13 岁，绝经年龄迟于 55

岁；未哺乳或哺乳不正常，终身未生育或高龄生育；一侧已患乳腺癌；营养过剩，中年后明显肥胖；长期应用激素药物，接触有毒、有害物质和射线；精神心理状态差，长期工作压力大、精神高度紧张等。上述因素中有些是无法改变的，如家族史、既往病史、月经状况、初潮年龄、放射治疗史等等；而相当一部分是可以通过我们有意识的行为改变而改变的，如生育、哺乳、生活饮食习惯、运动保健、心理调适、积极治疗相关疾病等等。这就给我们预防乳腺癌、改善其发病情况提供了机会。因此，积极宣传预防、养生、保健、康复的基本知识，加强社区健康教育，提高公众防病、健身意识，将是我们防治乳腺肿瘤疾病工作的有效手段。

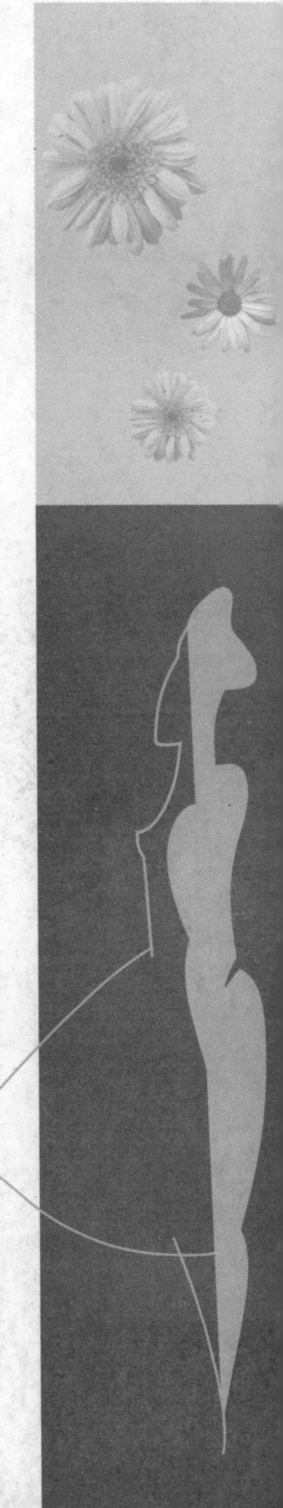

2. 拯救乳房，防患未然

未病先防：对于乳腺病来讲，未病先防就是指在乳腺病未发生之前，针对可能会引发乳腺病的诸多因素，采取适当干预措施，阻断、延缓疾病的发生。

中医学认为饮食、起居等因素能促使肿瘤性疾病的发生。凡饮食精华可以养生，倘若不知禁忌，食之不但无益，反能为害。此外，中医学尚有“药食同源”之说，认为无论饮食或是药食，其色、味，寒、热，补、泻，均禀于阴阳五行，可以说饮食与药物的应用道理是相通的。我国历代医学家对五谷、果品、肉类、蔬菜等，在防病治病、养生长寿方面积累了极为丰富的经验。如今的现代饮食又以“绿色饮食”为时尚。其实在中医专家眼中，许多天然食品本身就是药材，每一种食物都有不同防病治病的食疗效果。许多中医学的食疗养生经验仍然在民间被实践着，而现代科学技术，对中医传统食疗进行了实验研究，惊奇地发现，许多中药具有不同程度的抗氧化和增强超氧化物歧化酶的活性，减少过氧脂质产

生，消除或减轻自由基对机体的损害等功效，对抗衰延寿起到很好的作用。所以，适当的饮食有助于疾病的预防和康复，称之为食疗，能使“五脏病各有所得者愈”；而不当的饮食或饮食习惯则对患者的疾病有害，甚至导致疾病转重而危笃，难于治疗，因此应当有所禁忌。

此外，中医学还强调“形神统一”的理论。所谓的“形”即形体，指人的机体而言；神，是指人的精神意识思维活动。中医学认为神是生命活动的主宰，能够统帅人体脏腑组织的功能活动，并提出“形神相因”的理论。认为人体生理功能与精神活动是密切相关的，精神因素可以直接影响脏腑阴阳气血的功能活动。通过净化人的精神世界，自动清除贪欲，改变自己的不良性格，纠正错误的认知过程，调节情绪，使自己的心态平和、乐观、开朗、豁达，以达到健康长寿的目的。

3. 自我检查乳房

随着人们健康意识的提高，重视乳腺疾病的人群也越来越多，很多人提倡自我检查乳房以早期发现疾病。但是最新调查显示，很多女性仍然不知道如何自我检查，也不知道如何保健，有些人甚至终身没有接受过一次系统规范的乳腺检查。其实，从少女发育时期就要开始关爱乳房健康，了解必要的乳房保健知识，保持健康的生活方式，呵护好美丽的乳房。年龄在 20 岁以上的女性，都应定期进行乳腺普查，35 岁以上的女性应每年普查一次，高危人群应 3 个月到半年检查一次，进行动态观察，必要时根据医生的建议进行乳房超声或钼靶摄片检查。

自检乳房首先应熟悉乳房在每月不同时间的感觉，并在洗澡时经常抚摸乳房，早发现乳房的不寻常变化。一般妇女乳房自我检查的最佳时间通常是月经来潮后第7～10天。因为此时雌激素对乳腺的影响最小，乳腺处于相对静止状态，容易发现病变。停经或更年期妇女，每月固定一天自我检查乳房。

(1) 具体自检方法：洗澡时站立位对着镜子观察，这样更易于发现肿块；平时检查取直立或仰卧两种姿势，将四指合并，用指腹平放在乳房的皮肤上，从乳房外上方开始，环绕触摸整个乳房；接着触摸乳头、乳晕，感觉是否有肿块存在；最后挤压几下乳晕乳头区域，观察是否有液体溢出。

(2) 自检时的注意事项

▲ 对着镜子，看是否有明显突出的乳房肿块、结节。

▲ 乳房的皮肤是否有类似于橘皮样的点状凹陷，这是因为乳房内的癌组织阻塞乳腺淋巴回流，发生皮肤水肿，出现橘皮样外观。

▲ 乳头出现不正常的内陷。

▲ 乳房皮肤上出现不痛不痒的皮疹。

▲ 观察乳头是否有液体渗出，尤其是血样分泌物。

▲ 乳房皮肤颜色由浅红到深红，同时伴有水肿、增厚、皮温升高，持续数周以上。

▲ 触摸时左乳顺时针方向，右乳逆时针方向。

▲ 最好附加触摸锁骨上、锁骨下和腋窝，检查有无肿大的淋巴结。

▲ 切忌用手指抓捏乳房，否则会将捏起的腺体组织误认为是乳房肿块。

(3) 乳房的辅助检查

▲ 乳房B超：为无辐射、无损伤检查，可反复使用，主要用于鉴别肿块是囊性还是实质性。彩色多普勒检查还可以了解血供情况。

▲ 乳腺钼靶摄片：是早期乳腺癌诊断最有效的技术，可以发现不正常的密度、钙化点等。

▲ 乳房热图像：是根据癌细胞代谢快，产热较周围组织高，通过显示异常热区来判断疾病。

▲ 乳腺红外线：利用红外线透照乳房时，各种密度组织可显示不同的灰度影，从而显示乳房肿块和肿块周围的血管情况。

▲ 乳腺导管造影：主要对乳腺导管进行检查，有助于判断导管内有无新生物。

▲ 乳腺纤维导管镜：用于查明溢液导管的病因，一般能看到3级导管开口处的情况，并可进行治疗性药物注射。

但需要指出的是，乳腺自查不能降低乳腺癌的死亡率。自2005年起，美国早诊指南指出：早期诊断是否有效应以能降低死亡率为标准，用乳腺X线普查乳腺癌，可使乳腺癌的年死亡率风险降低20%～40%。所以，降低风险的最好办法是到正规的医疗机构进行正确的乳腺检查；定期做正规可靠的辅助检查，当然不能放弃自查。

4. 初病早诊

祖国医学认为，早期邪盛，正气尚未大衰，治疗重在祛邪，“当其邪气初客，所积未坚，则先消之而后和之”。正如《素问·阴阳应象大论》所说：“善治者治皮毛，其次治肌肤，其次治筋脉，其次治六腑，其次治五脏，治五脏者，半死半生也”。应把肿瘤疾病消灭在萌芽阶段，防止其由轻变重，由小变大，由局部向其他脏腑蔓延。

例如：乳腺增生病患者，早期最突出的表现为乳房疼痛，常为单侧或双侧乳房胀痛或触痛，大多数患者具有周期性疼痛的特点，月经前期发生或加重，月经后减轻或消失。正是由于这个周期性变化的特点，很多女性容易忽略早期诊断治疗的重要性，反而认为乳房是会自我修复的。

其实，疼痛是疾病的早期征兆，它提醒人们要把疾病消灭在萌芽阶段，防止其由轻变重，由小变大。

5. 既病防变

脏腑与脏腑之间，生理功能上存在着相互资生、相互制约的“生克制化”关系；病理上存在着相互影响、相互传变的“乘侮亢害”关系。一脏有病，可依据自身规律而影响他脏。因此，在治疗时，应依据这种规律，先治或先安未病脏腑，以阻断疾病的传变途径，防止疾病蔓延，使疾病向着痊愈的方向发展，这是中医学治未病的关键思想之一。这种“先安未受邪之地”的主张用于防治肿瘤具有一定临床价值。

现代医学对癌症有三级预防之说：一级预防，是病因学说的预防，也就是在癌症未发病前预防其发病；二级预防，是指已经癌变，则争取早期发现、早期诊断、早期治疗；三级预防是预防其复发、转移。可见，祖国传统医学的“治未病”理念与现代医学的肿瘤三级预防策略大有暗通曲款、异曲同工之妙。祖国医学在几千年发展的历史过程中，不仅有重视预防的思想，而且形成了比较完善的“养生保健、延年益寿”的理论体系，建立了许多行之有效的养生、保健和预防疾病的方法、药物和技术手段，具有特色和优势。中医学拥有中药、针灸、推拿、气功导引、养生、食疗、情志调摄等多种预防疾病的调理方法，这些丰富多彩的“自然疗法”，也为我们开展乳腺病的防治工作提供了多种有效的途径和手段。

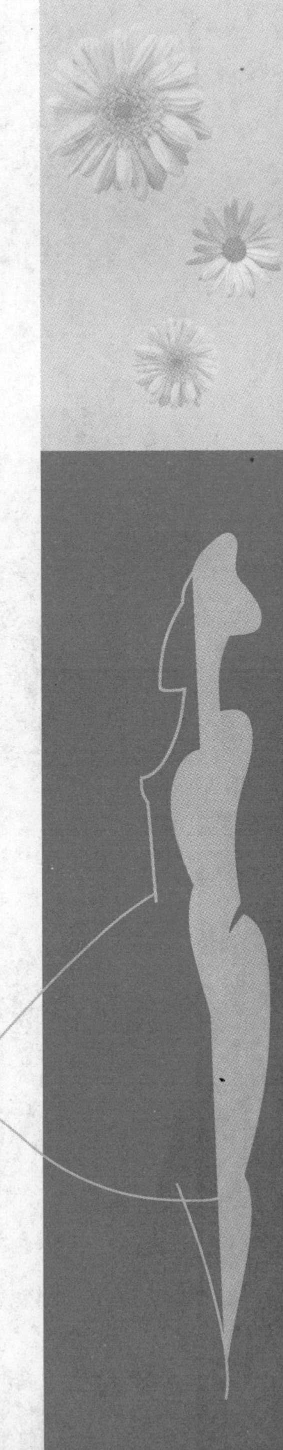

6. 乳房出现哪些情况应该就医

(1) 乳腺肿块：乳腺肿块是乳腺肿瘤的主要症状，80%以上的肿块是病人自己偶然发现的。只有少部分是在检查时被医生发现的。乳腺肿块也见于乳腺增生症、乳腺结核等。当临床上已摸到肿块时，瘤体的直径一般在1厘米以上，此时它至少经历了3～6年以上的时间。若触摸乳腺出现比其周围稍厚的组织，界限不清，难以测出其确切大小，临床上一般多诊断为"增生"。此种情况在未闭经的妇女，尤其随月经周期有些大小的变化，多属生理性。但增厚组织长期存在，与月经周期变化无关，或日益增厚及范围增大，尤其出现在绝经期后妇女时，必须予以重视，因为此类病变约8%为癌肿。

(2) 乳腺疼痛：乳腺的剧烈疼痛伴有触痛常为乳腺的炎症性表现，见于急性乳腺炎和乳腺脓肿。临床上出现局部疼痛，常与月经周期有关，一般多见于乳腺的单纯性和囊性增生。

(3) 乳头溢液：在妇女非哺乳期发生乳头溢液多属病理性的，这种乳头异常分泌约占各种乳腺疾病的5%～8%。其中最常见的病因是导管内乳头状瘤，约占半数病例。其次为乳腺囊性增生和乳管扩张症。约15%病人为乳腺癌。一般认为血性溢液的60%有癌的可能；浆液、乳汁样或水样者良性病变可能性大：伴有肿块者应疑为恶性，无肿块的非血性乳头溢液常为良性；年龄在50岁以上者癌性的可能性大，而良性病变则多发生在40岁以下；药物性乳头溢液多为双侧性，呈清亮浆液或乳汁样分泌物，停药后可自愈。常见药物有雌激素、氯丙嗪及避孕药等。

(4) 乳腺皮肤的改变：多数乳腺疾病的乳房皮肤无任何改变；急性乳腺炎常有皮肤红肿；乳腺结核可并有皮肤溃疡或瘘管；乳

腺癌可出现皮肤内陷形成“酒窝症”或“橘皮症”。

(5) 乳房轮廓的改变：正常乳房具有完整的弧形轮廓。若弧形出现任何缺陷或异常，均应重视。常为乳腺癌的早期表现。

(6) 乳头的改变：乳腺先天性发育不全时乳头可以内陷，多见于无哺乳史的妇女。乳头内陷也见于乳腺癌。若为单侧内陷伴乳头糜烂，可发生在哺乳期，因婴儿吮吸致破，乳汁和其他因素的刺激而形成。乳头周围皮肤反复出现湿疹、皮肤瘙痒，经久不愈，应考虑乳腺湿疹样癌的可能。

(7) 腋窝淋巴结肿大及上臂水肿：乳腺炎症和乳腺癌均可出现腋窝淋巴结肿大，上臂水肿则系腋窝淋巴结广泛转移所致。

在日常诊疗中，许多女性当被医生提醒：“你的乳腺有些增生”，往往会非常紧张，生怕和乳腺癌挂上钩。我们认为，大可不必这么紧张，由乳腺增生演变成癌症的概率很小，只要注意调整自己的情绪，舒缓压力，再配合一些治疗，乳腺增生是不会威胁健康的。从目前的情况看，乳腺增生的发病率一直呈上升趋势，70%～80%的女性有乳腺增生问题。乳腺增生主要以中青年女性为主，但现在乳腺增生的病人出现了明显的年轻化，在十几岁的少女中也不少见。普遍认为有两种因素：一是内分泌紊乱，如果女性体内卵巢分泌的激素量不太正常，就容易出现这种疾病。内分泌紊乱的表现还有月经量过多或过少、经期紊乱等。另外一个重要的因素就是精神因素。以前大家日子过得都差不多，干一样的活，拿一样的钱，没有太多利益上的冲突。现在则不同，社会在不断进步，每个人的待遇、机会各不相同，人们很难保持心态的平和。而且，现代人的精神压力普遍很大，社会对每个人的要求都在提高。而女性面临工作、人际关系、家庭等状况也可能不再像以前那样平稳，由于过高压力，一些女性出现由精神因素引发的内分泌失调、自主神经紊乱、睡不好觉、脾气暴躁，这些都会对

乳腺产生不良影响。另外，现在人们的饮食结构改变了，有高血压、高血糖的人也很多，也容易使女性出现内分泌失调。

但乳腺增生并不等于乳腺癌。从目前的研究看，大约只有3%～5%的乳腺增生病人出现乳腺癌。因为乳腺癌是发展很缓慢的癌症，在什么措施都不采取的情况下，也需要33个月才能发生。所以，即使有乳腺癌，只要积极治疗也是有解决办法的，病人的思想负担不用太大。

有乳腺增生的女性如果同时具备下面4种情况就需要警惕了：一是出现乳腺增生的时间较长；二是增生的结节摸上去很多很明显；三是自己的年龄是在40～60岁癌症高发期；四是有乳腺癌家族史。如果兼有这几个因素，女性就应该特别注意身体的变化，避免危及健康。

7. 简、便、易、廉综合防治法

我们在长期的乳腺病防治工作中，总结出简、便、易、廉的综合防治方法。

(1) 情志疏导：精神情志创伤在乳房疾病的发病因素中占有相当地位。中医学认为，乳房属胃、属肾，乳头属肝，其患病多因七情内伤、肝气郁结、肝失所养而致气滞、痰凝、血瘀而成。因此，传统医学也十分注重情志疏导在疾病治疗过程中的作用。

中医情志相胜心理疗法，是利用情志之间以及情志与五脏之间的相互影响、相互制约的关系，通过一种正常情志活动来调节另一种不正常情志活动，使其恢复正常，有效治疗情志与躯体疾病的心理治疗方法。《黄帝内经》具体论述了情志相胜心理疗法的基本程序：喜伤心，恐胜喜；怒伤肝，悲胜怒；思伤脾，怒胜思；忧伤肺，喜胜忧；恐伤肾，思胜恐。《东医宝鉴》说“欲消其疾，先治其心，必正其心，乃资于道”。中医学的心身不可分的辩证统一观念强调，不只“看病治病”，而是“看病人治病人”。

▲ 欢笑：欢笑可以刺激内啡呔的分泌，在大脑内发挥类似麻醉剂的作用。不信，你可以体验一下。当你感到乳房疼痛时，试着看一部喜剧片，随着剧情的深入，你会真心地捧腹大笑，这时你便会逐渐忘记了身体的病痛。所以，多给予自己一些时间不去想着自己的疾病，单纯地沉浸在幽默的世界里，可以产生很大的正面作用。

▲ 冥想与放松：先让自己充分放松，然后联想自己体内的疾病。例如，把乳房内的疾病想成一个红色团块，再把身体的抵御力量想成一个白色团块，在两个团块的不断撞击中，红色的团块逐渐消失，机体一片平和之象。这个方法，可以每日反复进行多次。

▲ 向愈的信念：研究表明，坚信能战胜病魔的病人，比对照组恢复得更快，而且需要较少量的药物治疗。其实，相信某种力量，不管它是否真的存在，都能够提高自己战胜疾病的信念，对健康的恢复是有益的。

(2) 音乐疗法：音乐疗法历史悠久，源远流长。早在公元2000多年前，《黄帝内经》里就记载宫、商、角、徵、羽五音，与人的五脏是相通的，又与做人最重要的五常“仁、义、礼、智、信”相呼应，并且符合组成天地万物的五行“木、火、土、金、水”内在联系的规律。从物理学角度看，音乐是一种有规律的声波振动，能协调人体各器官的节奏，激发人体内的能量。悦耳的音乐作用于大脑，可以提高神经系统的兴奋性，唤起积极健康的情绪。悦耳的音乐，不仅对内分泌系统、消化系统以及消除疲劳等产生良好的影响。而且还能降低人的心率和血压，对于冠心病、高血压、神经衰弱以及促进妇女分娩等有着非常神奇的作用，对于恢复心智体力、消除

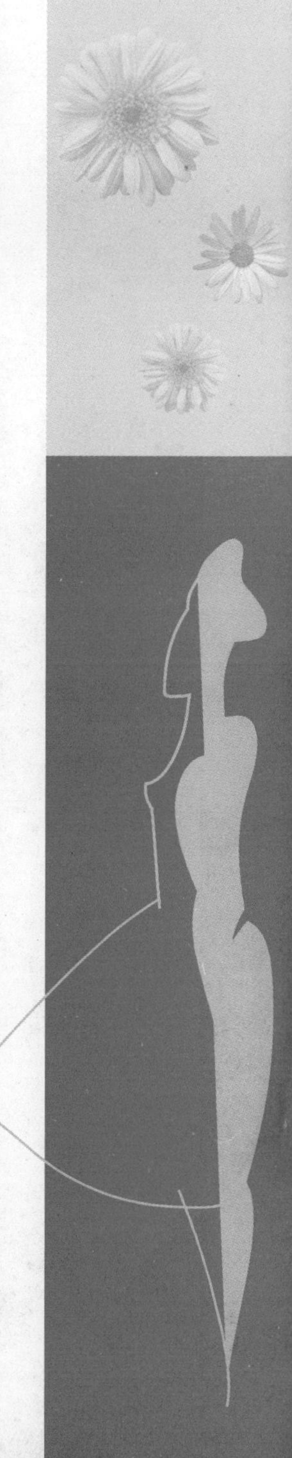

亚健康和各种烦恼无疑是一剂天赐良药。先秦时期的《白虎通·礼乐》中提出了"调和五声以养万"之说。《乐记》中有"乐至而无怨，乐行而伦清，耳目聪明，血气平和，天下皆宁"。《乐书·第二》载"音乐者，动荡血脉，流通精气，而正和心也。"这些都说明音乐具有通达血脉、振奋精神、防治身心疾病的作用。我们结合相关文献和现代科学实践，在临床上有意识地指导乳腺疾病患者尝试进行一些音乐治疗，得到了理想疗效。我们常用的音乐处方如下。

▲ 开郁类：节奏鲜明，优美动听，具有怡悦情志、舒肝解郁的功效。可用于调畅抑郁情绪，使精神心理趋于常态，用于情志郁结所致的各种病症。如《平凡最浪漫》、《喜洋洋》、《天空》、《春天来了》、《雨打芭蕉》、《阳关三叠》、《但愿人长久》、《高山流水》等。

▲ 安神镇静类：轻缓低吟，柔和优美，清幽和谐，具有宁心安神、远志除烦的功效。可消除紧张焦虑的情绪，用于情志焦躁的各种病症。如《二泉映月》、《春江花月夜》、《平沙落雁》、《梅花三弄》、《江南好》、《平湖秋月》、《烛影摇红》、《出水莲》、《春思》、《圣母颂》、《梦幻曲》、under the Moonlight、Come along。

▲ 制怒类：低沉伤感、凄惨悲哀，具有抑制狂躁、愤怒，减轻情绪亢奋的功效。可用于情志偏激易怒及喜笑不休症、狂躁症者。如《千里之外》、《双宫秋月》、《塞上曲》、《春江花月夜》、《平沙落雁》、《仙女牧羊》、《小桃红》、《三套车》。还可根据"悲胜怒"的原理，选择一些悲哀低沉的曲子，如《悲歌》、《容易受伤的女人》。

▲ 止痛类：宜选择悠然轻快、清丽流畅的乐曲，如《春之歌》、《小夜曲》、《我愿意》、《空山鸟语》等。主要用于情志恼怒所致的疼痛。

▲ 激昂类：高亢激昂，曲调雄壮，具有激昂情绪、振奋勇气的

功效，可以减轻患者低沉消极、悲观失望的情绪。如《义勇军进行曲》、《国际歌》、《欢乐颂》、《执迷不悔》、《黄河大合唱》、I can do it。

(3) 饮食指导：中医学自古就有“药食同源”之说，认为无论是饮食或是药物，其色、性、味、功效均禀于阴阳五行，可以说饮食与药物的应用道理是相通的。《素问·脏气法时论》更加明确地指出：“毒药攻邪，五谷为养，五果为助，五畜为益，五菜为充，气味和而服之，以补精益气。”我国历代医学家对五谷、果品、肉类、蔬菜等，在防病治病、养生长寿方面，积累了极为丰富的经验。恰当合理的饮食有助于疾病的预防和康复，而不当的饮食或饮食习惯则对患者的疾病不利，甚至可致疾病转重而危笃，难于治疗，因此应当有所禁忌。

有研究发现，大约有 1/3 的癌症发病与饮食有关。妇女饮食习惯的改变，尤其是高脂肪饮食可以改变内分泌环境，加强或延长雌激素对乳腺上皮细胞的刺激，从而增加患乳腺癌的危险性。美国居民每人每日的脂肪摄入量是中国人的 2.5 倍，其乳腺癌发病率是亚、非、拉美地区居民的 4 倍。脂肪摄入量与绝经后妇女乳腺癌的危险性有关，所以中年以上的妇女，更应该控制脂肪的摄入。对乳腺癌高发和低发地区人群的饮食成分对比分析还表明，鱼蛋白、维生素 D 等有保护乳腺、预防乳腺癌的作用。例如日本人吃鱼和含维生素 D 的食物较多，乳腺癌的发病率也较低。最近有报道称，β 胡萝卜素、维生素 C、纤维素、钾、钙、镁等有保护乳腺的作用。

为了预防乳腺癌的发生，营养学家告诫人们在限制高脂饮食的同时，应多食下列一些有益于乳腺保护的食品。主食中有小麦(面粉)、玉米、大豆、牛奶、豆制品和一些杂粮；蔬菜类食品中有大蒜、洋葱、芦笋、南瓜、黄瓜、苦瓜、丝瓜、番茄、菜花、莴苣、胡萝卜、萝卜等；鱼类尤其是泥鳅、黄鱼、带鱼、牡蛎、海参、章鱼、鱿鱼，以

及海产品如海带、石花菜、海嵩子。

▲ 螃蟹：螃蟹自古药食兼备，蟹肉可清热散血，补骨髓，滋肝阴，充胃液，养筋活血，治瘟愈核；蟹壳、蟹爪可破血消积，治“妇人乳痛硬块”。《串雅内编》中提出用“生蟹壳数十枚，放砂锅内烧焦，研细末，每服二钱，陈酒冲服，不可间断”。《外科稽要》中说：“乳岩初起……专服蟹壳散”。叶天士在治疗乳岩时用“螃蟹蒸熟，取脚上指甲，砂锅内微火灸脆，研末一两，配鹿角研末二钱，如遇此症，用陈酒一杯，将药一钱或八分放在舌上，以酒送下”。

▲ 菜花、卷心菜、大白菜：这些蔬菜含有一种氮化合物，名叫吲哚-3-甲醇，具有转变雌激素、预防乳腺癌的作用。它不但可以将女性体内活性雌激素进行降解处理，而且还可通过无活性的雌激素阻止活性雌激素对正常乳房细胞的刺激作用。

▲ 黄豆及其制品：亚洲妇女的乳腺癌发病率远远低于北美及欧洲妇女，这可能与饮食习惯及生活方式有关。临床发现，食物中豆类蛋白占总蛋白的比例增加时，乳腺癌的发病率可降低。这与黄豆中的异黄酮有关，该化合物是一种类似人类雌激素的化合物，可在肠道中被胡萝卜素转化成一种因子，这种因子可抑制体内雌激素依赖性致癌物对乳房的致癌作用。因此，女性尤其已患乳腺癌或乳腺癌高发家族的人群可适当吃一些豆腐等豆制品。

▲ 海藻类食品：如海带、紫菜、裙带菜等。日本和欧美国家一样同属发达国家，但日本乳腺癌发病率比一般西方国家要低得多。这是因为日本妇女常吃海带类食品，日本人海带食用量居世界首位，平均每人每天吃海带类食品4.9~7.3克。海带类食品是一种含钙较多的碱性食品，癌症病人血液多呈酸性，常吃海藻能调节血液酸碱平衡，达到防癌治癌目的。

▲ 血象下降的饮食调理：为预防血象下降，患者应及时补充高蛋白饮食，如牛奶、大豆、猪蹄、海参、红枣、花生、核桃、黑木耳、胡萝卜、赤小豆、河蟹、黑鱼、牛肉，以及动物肝脏、瘦肉、动物皮熬制的胶冻，如阿胶、猪皮胶（肉皮冻）等，有助于提升白细胞。中医最重视以脏补脏，因此在化疗期间也可适量增加动物骨髓饮食，如牛、羊、猪的骨髓炖汤，或用鸡血、鸭血、鹅血、猪血制作的食品。同时也可多吃一些五黑食品，如黑芝麻、黑米、黑豆、黑枣等。中医认为黑可入肾，五黑食品可以补肾填髓生血。

▲ 消化道化疗毒性的饮食治疗：化疗可引起口腔黏膜炎，表现为黏膜充血、水肿、溃疡、疼痛，此时要保持口腔清洁，进食后刷牙。补充高营养流质或半流质，如莲子羹、银耳羹、牛奶、豆浆、鲫鱼汤等。进食时避免过热、过酸及刺激性饮食。急性炎症可口含冰块，以减少炎性渗出；出现溃疡可用蜂蜜20毫升加研碎的维生素C 0.1克口含，每天2～4次。化疗可损伤胃肠道黏膜，出现恶心、呕吐、上腹疼痛、纳差等，此时可进食开胃食品，如山楂、扁豆、山药、白萝卜、香菇等。同时要少食多餐，避免饱食感，进食要细嚼慢咽，饭后1小时不要平卧，可以散步，化疗前1小时不要饮水，进食时如有恶心、呕吐，可口服鲜姜汁3～5毫升。

▲ 化疗致肝损伤的饮食治疗：此时应多吃苦瓜、绿豆芽、木耳、猴头菇等菌类食品，多吃富含维生素的水果，如猕猴桃、蜜桃、苹果、葡萄等，多喝绿茶、乌龙茶、蜂蜜水。如肝损伤严重，可用五味子20克、枸杞子20克炖鲫鱼汤服用。

▲ 化疗致肾损伤的饮食治疗：在用铂类药物等治疗时要多吃新鲜蔬菜和水果（碱性食品）。一旦出现肾损伤，要限制蛋白质的摄入，如合并水肿要少吃盐，适当多吃乌鱼、菠菜、红苋菜以及动

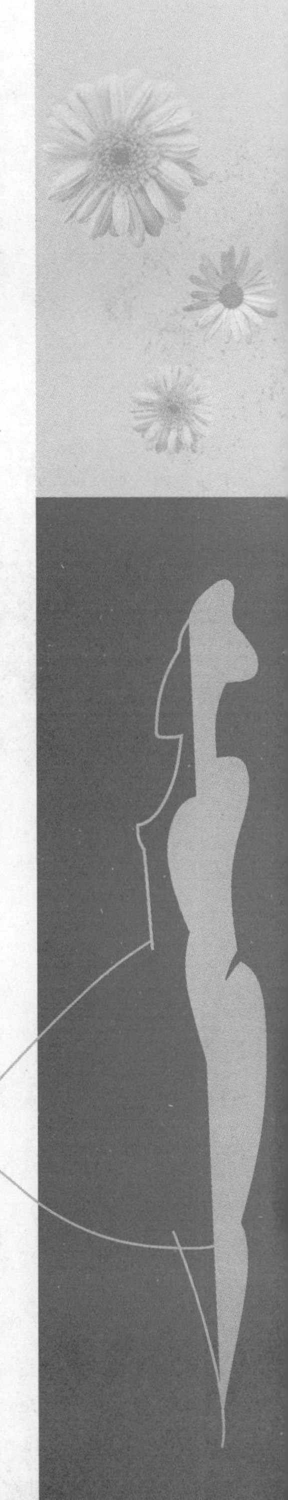

物肝脏，也可多吃一些富含水分又有利尿作用的食品，如西瓜、黄瓜、冬瓜、丝瓜等。

(4) 乳房保健操

此法是上海岳阳中西医结合医院中医外科近年来所开创的乳房保健及治疗方法。中医学认为，乳房属胃、属肾，乳头属肝。其患病多因情志内伤、肝气郁结、肝失所养或肾气不足，致冲任失调，气滞夹痰凝血瘀而成。其中，肾气不足、冲任失调为本，肝气郁结、气滞、痰凝、血瘀为标。根据这一理论，结合祖国传统医学经络、腧穴理论和现代解剖、生理学知识，创立了乳房保健防病手法，具有调畅气血、通络散结、美形保健的作用，且简单易学，便于推广。具体方法(采取坐位)如下。

▲ 抹推：左手托乳，右手的四指从乳房外上、外下缘向乳头方向抹推 3 遍；右手托乳，左手的四指从乳房内上、内下缘向乳头方向抹推 3 遍。右手托乳，左手的四指从乳房外上、外下缘向乳头方向抹推 3 遍。左手托乳，右手四指从乳房内上、内下缘向乳头方向抹推 3 遍。

▲ 摩搓：四指并拢，拇指自然张开，将手掌贴近皮肤，以乳头为中心环摩乳房 10 圈。双手交错，用手掌搓胁肋 10 下。

▲ 指按：中指点按膻中穴、期门穴、乳根穴、足三里、太冲穴各 10 秒钟。

▲ 揉拿：拇指和食指揉拿对侧乳房肿块；无肿块者，揉拿乳房，方向由乳房内侧渐至腋窝处。

▲ 托颤：双手托住乳房，抖颤乳房 30 下。

▲ 指击：4 指指尖轻击对侧乳房，以乳晕为中心，环状叩击 5 次。

上述手法每周施行 2～3 次，每次持续约 5 分钟即可。

［注］

膻中穴：在体前正中线，两乳头连线之中点。

期门穴：位于乳下第六肋间隙，与巨阙穴在一个水平线。

乳根穴：乳头直下，乳房根部，于第五肋间隙，距前正中线4寸。

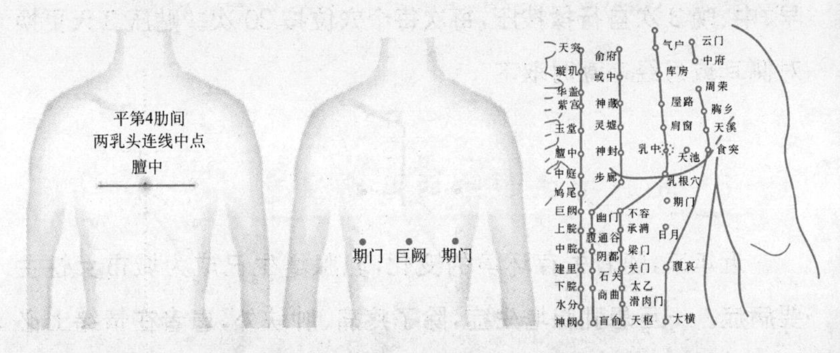

足三里穴：外膝眼下三寸，胫骨外侧约一横指处。

太冲穴：拇趾和第二跖骨结合部之前凹陷处。

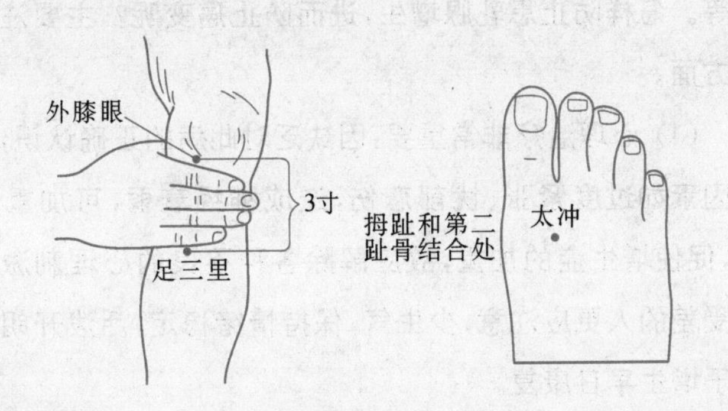

(5) 耳穴按压

《灵枢》云："耳者，宗脉之所聚也。"乳为足阳明胃经及足厥阴肝经循行所过之处，运用耳与脏腑经络的密切关系，采用内分泌、肝、胸、乳腺等耳穴治疗，以疏通胸部经络，调整脏腑功能。运行气血，通调局部之经气，达到活血散结，疏肝解郁之功效，从而使包块消退，胀痛消除。此法简便经济，疗效快，痛苦少，避免了药

物治疗带来的副作用。

具体方法：在月经前1周及月经后1周治疗，连续3个月为1疗程。①取穴：选取乳腺、胸、内分泌、肝、皮质下、肾等耳穴。②方法：双耳常规消毒后，用探针在穴区找到敏感点，选该点为治疗点，选准穴位后，每穴用胶布将王不留行籽固定于耳穴上，嘱其早、中、晚3次自行揉按压，每次每个穴位按30次。贴压3天更换对侧耳或月经来潮时取下。

8. 乳腺增生预防的8项注意

近年来，随着生存环境的变化，乳腺增生已成为城市女性主要病症。一旦患乳腺增生症，除了疼痛、肿块外，患者在情绪上必有烦躁、易怒、恐惧等；生理上有功能下降，如性欲淡漠、月经紊乱、体力下降、尿频等；在病理上多伴有妇科病，如子宫内膜异位症等。怎样防止患乳腺增生，进而防止癌变呢？主要注意以下几个方面。

(1) 心理治疗非常重要：因缺乏对此病的正确认识，不良的心理因素如过度紧张、忧郁悲伤，造成神经衰弱，可加重内分泌失调，促使增生症的加重，故应解除各种不良的心理刺激。对心理承受差的人更应注意，少生气，保持情绪稳定，活泼开朗的心情有利于增生早日康复。

(2) 改变饮食，防止肥胖：少吃油炸食品、动物脂肪及甜食，忌过多进补食品，要多吃蔬菜和水果类，多吃粗粮(黑豆、黄豆最好)，多吃核桃、黑芝麻、黑木耳、蘑菇。

(3) 生活规律：生活要有规律，劳逸结合，保持性生活和谐，可调节内分泌失调，保持大便通畅会减轻乳腺胀痛。

(4) 多运动，防止肥胖，提高免疫力：美国科学家发现，肥胖会明显削弱实验鼠对流感的抵抗能力，使其感染流感后的死亡率明显上升。这一结果揭示，肥胖对机体免疫系统具有深层次影响。

(5) 禁止滥用避孕药及含雌激素的美容用品，不吃用雌激素喂养的鸡、甲鱼、黄鳝等。

(6) 避免人工流产，产妇多喂奶，能防患于未然。

(7) 经常做自我检查和定期复查。

(8) 明确诊断，根据病情制订合理的治疗方案。

9. 乳房呵护法

(1) 每年必做——专业检查：所有成年女性，无论是否生育过，应每年1次到专业医院进行乳房检查。我们建议，所有年龄超过40岁的女性，每年进行1次乳腺X线钼靶摄片检查。

(2) 每月必做——乳房自检：具体方法详见本章有关内容。

(3) 每日必做——清洁保养：每天淋浴时应养成清洗乳头、乳晕的习惯，对先天性乳头凹陷的女性来讲尤为重要。另外，还可以用冷热水交替冲洗乳房，以增强乳房的血液循环。

(4) 坚持运动——有效护乳：运动可以阻止乳房下垂，更能降低乳腺癌的发病概率。研究表明，每周做4小时的运动跟不做运动的对比，得乳腺癌的概率要降低60%。

▲ 床上运动：仰卧在床上，上半身抬起，双手交替进行划水动作。

▲ 椅上运动：双臂前伸，双肘弯曲，双手相握并用力向前推，从1数到6后，再放松双手。重复5次。

▲ 深呼吸：呼气时含胸，吸气时挺胸，交替进行5次。

▲ 游泳：水对乳房和胸廓的按摩，会促使乳房更加丰满并富

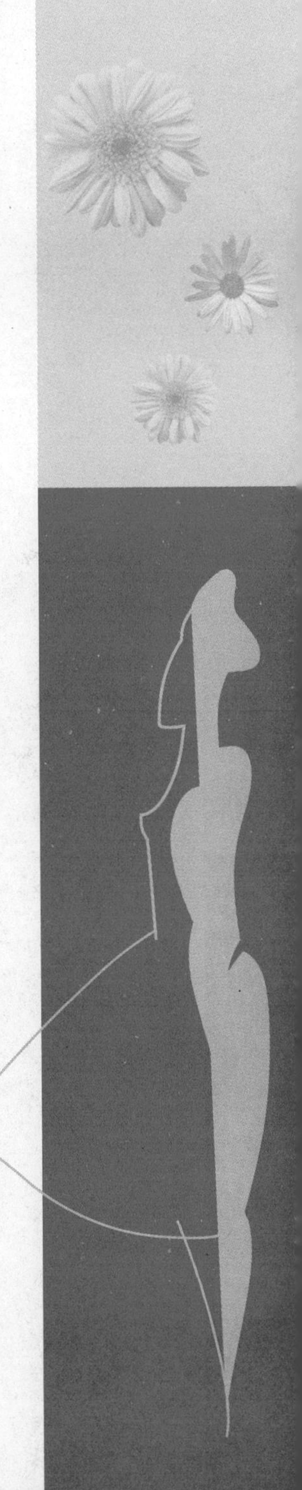

有弹性。

▲ 日光浴：日光温和的刺激，能增加乳房的韧性和弹性。秋冬季节更要尽情享受每一缕阳光。

（张　明　周　敏　朱文静）

图书在版编目(CIP)数据

爱我乳房——乳腺疾病的预防/张明,周敏著.—上海:复旦大学出版社,2009.2
(健康cool新女性系列丛书)
ISBN 978-7-309-06472-8

Ⅰ.爱… Ⅱ.①张…②周… Ⅲ.乳房疾病-预防(卫生) Ⅳ.R655.8

中国版本图书馆CIP数据核字(2009)第007887号

爱我乳房——乳腺疾病的预防
张 明 周 敏 著

出版发行 复旦大学出版社 上海市国权路579号 邮编200433
86-21-65642857(门市零售)
86-21-65100562(团体订购) 86-21-65109143(外埠邮购)
fupnet@fudanpress.com http://www.fudanpress.com

责任编辑 宫建平
出 品 人 贺圣遂

印　　刷 上海市崇明县裕安印刷厂
开　　本 787×960 1/16
印　　张 8.5
字　　数 99千
版　　次 2009年2月第一版第一次印刷
印　　数 1—5 100

书　　号 ISBN 978-7-309-06472-8/R·1071
定　　价 20.00元

如有印装质量问题,请向复旦大学出版社发行部调换。